羽化之韜

公孫堂探案

公孫一堂 著

浩浩乎如憑虛御風，而不知其所止；
飄飄乎如遺世獨立，羽化而登仙。

蘇軾〈前赤壁賦〉

出場人物

公孫松風：八十五歲，公孫堂上一代。
古勤：八十二歲，鄰居。
公孫善苑：五十三歲，公孫堂老闆。
柳子靛：公孫堂女主人。
公孫梓琴：十七歲，高二生。
公孫子棋：十六歲，高一生。
公孫梓書：十六歲，高一生。
公孫梓畫：十一歲，小名溫子，小五生。
梵諦岡交換生：十七歲。
甘泉：五十四歲，守平安派出所所長。
米斗實：廿五歲，派出所偵查佐。
林泛舟：廿五歲，派出所偵查佐。
高之止：竊盜、吸毒案嫌疑犯。
廖輔鈞：竊盜、吸毒案嫌疑犯。
林木楓：殺人案嫌疑犯。
賀官仲伯：八十歲，書法班老師。
賀制島：何古秀子的表弟。
何武悟：六十一歲，荷仙家第五代老人。
何陳禎：六十歲，荷仙家老太太。
何風樹：四十一歲，荷仙家第六代主人
何古秀子：卅七歲，荷仙家女主人。
何正箇：十六歲，高一生。
中道泉：軍醫院院長
中道太：二戰軍醫醫官。
中道祥子：二戰軍醫院護士。
中道鶴子：二戰軍醫院護士。
賀官仲伯：二戰軍醫醫官。
古弘銅：私人診所醫師。
尚浩堂：文衡里里長。
張堡壘：私人公司董事長。

好亮！好刺眼！
有誰可以關一下燈嗎？
這是哪裡？
這裡是哪裡？
啊！燈終於關了！
啊！啊！我想起來了！
我記得，好像是剛剛，還是昨天？前天？
好幾次，遠遠的光照著我，一下子就變成近近的光照著我，然後我就睡著了。
……
啊！這種感覺輕飄飄，很舒服……
怎麼好像眼前的景象在搖晃？是地震嗎？
奇怪？怎麼左邊是上下晃，右邊是左右搖？
奇怪了？不搖晃了，為什麼我的左眼瞄左上方的壁燈，右眼瞧右前方的門？
啊！有人從那一個門走出來了！有人走進去那一個門……
喂！看我一下啊！
看我一下啊！喂！
喲！是媽媽！
媽！阿母！我在這裡啊！
看我一下啊！媽！

媽媽！不要走啊！
啊！又有人走過來……
喂，喂！
怎麼都沒有人看我一眼吶？

中華道曆四六八八年（西元一九九一年）二月十四日
農曆庚午年（生肖馬）臘月卅　除夕　星期四
立春：東風解凍，蟄蟲始振；黃鶯睍睆，載好其音；
　　陽氣已動，魚上冰。

目次

韜一

（一）公孫子棋

如果有一條路或幾條路一直延伸沒有盡頭，是不是會讓人覺得毛骨悚然？在各類小說之中的「無盡巷」就是這種概念的延伸。其實，現實生活中，我們到一個陌生的地方的時候，當四處景色看起來相似的時候，就會讓人不知所措。

我家附近就是這個樣子。

這個地方雖然是延平老街，歷史可以追溯到西元一六二四年荷蘭人登陸來臺灣建立的第一條街道，當年這裡是沙洲孤島，只有退潮的時候才能走過來；漲潮的時候，一望無際的綿延沙洲全部沒入海中。當時這裡有七個沙洲，分別以一二三四五六七命名，這裡是「一鯤鯓」。隨著數百年的泥沙淤積，防洪的工事進行，被漲潮淹沒的沙洲漸漸變高變硬，土沙硬化到可以從事建築工事。於是，漸漸有街道房舍等建築。清朝時期，延平老街是安平最繁華的地方，我家附近的安平觀音亭和安平聖母廟是保佑當地居民的信仰中心。據說白衣觀世音菩薩的信仰來自四川、媽祖的信仰來自福建，都是我們有德祖宗故鄉。

從我童年最常遊玩的安平觀音亭鑽入蜿蜒小路，漫步在清晨或午後的石板路上，沿著巷弄小路穿越另一條巷弄小路，出現另一條蜿蜒的巷弄小路。不論是往左還是往右都走進一個蜿蜒，走一小段路，左右各又出現一個蜿蜒。當人們到一個陌生的地方時，發現四處景色看起來很相似就會讓人不知所措。如果不是住在附近的當地人，或是經常往來此地的生意人、喜歡尋幽訪勝的旅人，想鑽出這一個迷宮般的地方不是一件容易的事。

其實，如果轉彎走進南北向的街道，心情就會豁然開朗。

翠綠的階梯已經被踩得斑駁，最外側木板已經開始晃動；同色門板掛著簡單銅環，木門因為開啟關閤無數次，門框也斑駁了，手掌常常觸摸的地方甚至有汙垢掉漆；翠綠色門楣各彩繪了花鳥，維持著新漆樣，半夜下過一陣雨，潮濕潮濕的。一大片暗紅色的屋瓦，也很潮濕，正在滴落著雨水。門楣上緣掛著一塊外框雕飾、懸掛紅緞帶、黑墨色底、金漆楷書的橫匾額：公孫堂；直立在門框邊的木牌刻著公孫堂中藥房。面對中藥房，右邊隔壁的三角窗三層樓店面，樣式和中藥房一模一樣，橫匾額一樣是公孫堂，直立在門框邊的木牌刻著古玩古書坊。來我家的新客人總是搞不清楚哪家是哪家，呵呵！其實，這兩家店都是我家。

我的八十五歲爺爺公孫松風笑呵呵：「子棋，這是一棟房子分隔成兩邊，可以做兩種生意喔！」

我問爺爺：「為什麼取一模一樣的店名啊？」

爺爺又笑呵呵：「這是因為好玩、有趣。」

「那郵差投遞信件不就很困擾？」

爺爺比手畫腳：「郵差從右邊來就投遞到古玩古書坊，從左邊來就投遞到中藥房。你看！充滿趣味！我更希望郵局能在兩間店中間設置郵筒，這樣客人就會不由自主地逛進來啦！」

中藥房原本是爺爺卅歲時開始經營的，現今古玩古書坊的大門原本是中藥房的大門，現在的中藥房原本是存放中藥藥材的倉庫，兩邊透過中央的拱門進出。爺爺退休之後，爸爸把中藥房移到這邊來，原址改成古玩古書坊，給媽媽經營，他自已經營中藥房。中藥房走廊走到底向左拐彎是登上二樓的木梯，向右拐彎進入拱門就到隔壁的古玩古書坊。

爸爸和我都喜歡木梯的木材香氣和木製氣氛。這木梯在爺爺買下這裡開始經營中藥房的時候就存在了。古書坊那邊上二樓是後來增建的，樓上有書房、臥室、浴室的水泥造L型樓梯，而且上一層樓就轉彎一次，爬上三樓需要轉彎三次。如果失足跌倒，只跌半樓，比一路滾下一層樓的樓梯安全得多。聽同學說，如果樓梯是三樓到一樓都不必轉彎，萬一失足，下場大概很慘。中藥鋪的木梯是上去一樓的樓中樓，是儲存藥材的倉庫，與我們的房間隔開，這必須跪著爬進去、跪著爬出來，方便中藥房存貨取貨。古書坊是爸爸基於愛情，出資讓媽媽經營的，如果媽媽忙於一邊或外出，爸爸就顧另一邊。實際上跑兩邊看顧店面的人，幾乎是爸爸居多。

古玩古書坊店內五六臺舊式腳踩的縫紉機，其中三臺已經把桌面以上拆除，裝上新的縫紉機了。這樣的改良改裝，還真得有客人訂。媽媽說：「古玩古書坊客源不固定，只能純粹做興趣。我想用舊裁縫機兼做裁縫也不錯！古色古香搭配現代功能，一定有人愛。」真的，生意確實比較好，客人變多。

兩邊加起來的地坪是卅坪，爸爸說可以兩邊兼顧。妙的是，古玩古書坊沒有收銀機，想要買古玩買書，顧客可以直接到中藥鋪結帳找零，或是把書的錢投入古玩古書坊桌上的「雅集箱」，自已從「雅集箱」上的木盒拿零錢，零錢不夠的時候，只好走到中藥鋪結帳。中藥房的走廊的右邊是一整排中藥櫃子櫃檯，左邊是玻璃展示櫃，展示罐裝或瓶裝的藥材。如果櫃檯前的三張高腳凳拉出來給客人坐，走路的空間只有一人半的寬度可以走路，兩人錯身經過，其中一人必須側身。如果是稍微胖的人經過，哈，另一人一定要後退讓道。

中藥房還是爺爺和老朋友敘舊的地方，一邊做生意，一邊泡茶聊天，十分愜意。附近的鄰居，八十二歲的古勤爺爺就是其中一位。現在才上午六點半左右，古勤爺爺已經運動完，來我家找爺爺聊天。

「欸！公孫兄啊！我跟您說啊！」古勤爺爺興奮地開口：「耶穌復活啦！」

「耶穌？」我爺爺呵呵笑：「古老弟！耶穌基督不是我們這個時代的人物啦！」

我爸爸公孫善苑，五十三歲，把藥碾子碾碎的藥材倒到搗藥缽：「是啊！古叔叔！耶穌基督是兩千多年前羅馬帝國時期的人物，在羅馬帝國猶太省伯利恆出生的。」然後一邊搗藥一邊說：「他逝世的地方是耶路薩冷，一輩子也沒有來過東亞細亞。而且，古羅馬帝國已經滅亡，現存的遺址在梵蒂岡和義大利境內。」

「可是，我認識的那位耶穌真的復活了……」

「那位耶穌？」爺爺和爸爸面面相覷。

「欸！等我一下，我有他的照片。」古勤爺爺從外套口袋拿出短皮夾，打開翻找，拿出一張照片：「就是他。」

爺爺呵呵笑：「古老弟，這張是耶穌基督的肖像畫吧！我知道老弟你信耶穌，平常就把耶穌基督的照片隨身攜帶，放在身上。」爺爺拿著仔細端詳：「老花眼鏡給我。」

爸爸伸手拉出抽屜，把折疊式老花眼鏡從眼鏡袋拿出來：「爸，在這裡。」展開眼鏡、遞給爺爺。

「古老弟！你也需要一支老花眼鏡！苑！把他常戴的那一支老花眼鏡給他。」

我家藥鋪桌子上，模仿郵局的寫字桌，擺了幾副不同度數的老花眼鏡提供給忘記攜帶老花眼鏡出門的客人寫字的時候戴。

「古叔叔！給你。」

「謝謝！我還有一張照片。」古勤爺爺伸直食指、瞇著眼，神情篤定。古勤爺爺找不到另一張照片，伸手到上衣和褲子的口袋，伸手探找，摸著摸著拿出一份摺疊整齊的報紙剪報，打開其中一張，鋪平在桌上：「就是他。」

「這是去年十一月十日的新聞，地方新聞版。」爸爸指著報紙上緣的日期。

我也好奇地湊過去看，念著這一篇篇幅極小的報導：

「府城安南區鄭和東路與鄭和北路路口，昨天凌晨發生重大車禍，一位外國籍的年輕人行走在斑馬線上，遭到違規闖紅燈的轎車側撞，頭部、腰部、四肢都有血跡，目前已經由救護車送往市立府城醫院急救。警方已經逮捕酒駕的肇事者，目前這位身分不明的外籍年輕人，警方正在調查中。警方呼籲，認識這位年輕人的人士，請出面指認。」

我指著一旁：「看！這裡有附照片。」

爺爺往下撥老花眼鏡，看著古勤爺爺：「古老弟！你知道這位年輕人？」

古勤爺爺把照片遞給我爺爺，然後用鄉音驕傲地說：「何止知道，我認識他！你們看看！他和我的耶穌基督長得像不像！」

我爺爺公孫松風把手中的耶穌基督肖像對齊擺在舊報紙的照片旁，我看不出哪裡像、哪裡不像，一樣都是外國人的模樣啊！

爸爸拿出透明塑膠墊板，平鋪在肖像和照片上面：「去掉頭髮和鬍子，臉型、五官確實很像，我畫一下。」

爸爸接著拿出水性麥克筆描畫描畫，把留短髮、沒有鬍子的年輕人畫上長髮和鬍子：「瞧！很像吧！」

我拖著下巴：「爸！肖像比照片老很多歲耶！照片像卅歲，肖像像五十歲。」

「不！」爸爸嚴肅起來：「耶穌基督被釘上十字架，在古羅馬帝國政府刑罰往生的時候，是在卅歲到四十歲之間。通常，同樣臉型的東方人和西方人，東方人會比西方人年輕十歲到十五歲。不過，現代人保養得宜，同臉型、長相相同的東方人和西方人，不一定誰比較年輕。」

「嗯，」爸爸指著報紙照的主角的眉毛：「我判斷，這張舊報紙上的年輕人只有十八歲。」

爺爺驚訝：「十八歲？那不就是高中三年級學生！」

「子棋，你學校在十一月是不是發生學生出車禍受傷的事件？」爸爸轉頭問我。

我托著下巴：「去年十一月，有嗎？我不清楚耶！這要問姊姊才知道吧！」

「要問我什麼？」走廊底傳來公孫梓琴的聲音。

「對！姊姊念高二。」爺爺向公孫梓琴招手：「梓琴！來！過來一下！來！來！坐阿公旁邊。去年十一月，妳的學校有沒有發生過外籍學生**出車禍**受傷的事？」

「有啊！」公孫梓琴掀開墊板，指著舊報紙上的照片：「他是我們班上來自梵蒂岡的交換學生。他出車禍住院的時候，我班上同學輪流去看他。除了寄宿家庭的爸爸媽媽照顧他之外，班上幾位熱心的同學媽媽們還輪流去照顧他，讓他的寄宿家庭爸爸媽媽能喘口氣、出去買東西、休息休息。」

公孫梓琴指指走廊底的拱門，示意廚房：「我們家的媽媽燉好幾次紅棗枸杞香菇雞湯，盛在提鍋，要我陪她帶去給外籍同學喝呢！每一次他端湯喝都當場感動得哭了！聽班上同學說，他這一次手術這麼成功，是一位神祕的名醫幫他動手術，救了他。」
爺爺疑惑：「名醫？妳知道是誰嗎？」
「我不知道耶！阿公！我只知道好像是姓賀的醫師，手術時間很長。」
爺爺面朝向古勤爺爺：「古老弟！我記得你弟弟好像是醫生？」
古勤爺爺承認：「是義弟啦！現在是學者，每天幾乎在教學研究之中打滾，不怎麼看診了。」
「是喔！」爺爺好奇：「那，救了這孩子的醫生是誰啊？」
古勤爺爺聳聳肩，攤開雙手。
爸爸笑著插嘴：「救人是醫生的天職，只要有醫德，給誰治療不是都一樣嘛！」
爺爺呵呵笑：「這也沒錯！呵呵！」爺爺翻著報紙：「可是，古老弟說他認識這位年輕人。這是怎麼回事？」
「是古蹟尋訪的訪問吧?!我們班這位外籍同學，對府城的歷史文化很有興趣，」公孫梓琴伸手摸我的頭髮：「在這位呆子的班上上選修課。」
我生氣地撥開：「不要摸我的頭髮啦！」
公孫梓琴盯著我：「你上課的時候不專心，在想某個女生，對不對?別以為我不知道！」
我對公孫梓琴揮拳：「是妳在想男生啦！要你管！」我揮三拳全部落空。
爺爺問我：「梓琴是班長耶！怎麼會呢？」
「我……」我才回答一個字。
公孫梓琴插嘴：「我才不會想男生，我想的是這個！」公孫梓琴提起手上的木刀，作勢要揮刀：「呆子！要不要來對練啊?!」

爺爺呵呵笑：「姊姊要升級當主將囉！什麼時候要升級啊？要告訴我喔！」

「還早呢！」公孫梓琴噁心地勾爺爺的手肘：「嘻嘻！」

古勤爺爺繼續說：「是古蹟訪問沒錯！這年輕人想知道附近這一帶的古蹟有什麼歷史。他一戶一戶找，一戶一戶問。找到這裡來的時候，中藥房只有我坐在這兒。他很有禮貌，我就跟他聊，一聊聊聊，聊得很開心。」

爸爸好奇地問：「聊什麼內容啊？」

「聊，聊府城的歷史，從荷蘭人占領臺灣、鄭成功渡海收復臺灣，聊到大清清朝政府治理臺灣……等。」

「最早有先民有原住民、鄭成功的軍隊和澎湖海戰之後的移民吧！」

「對對對！而且還是躲在商船甲板底下，為了躲避戰禍才偷渡來臺灣的。」

「府城這一帶的居民，一代一代會講閩南話的，從鄭成功、鄭經時期，到清廷治理臺灣時期，幾乎是從福建廣東一代渡海過來的。畢竟，廣東潮州汕頭到福建沿海一帶到臺灣是距離最近的。只是那時候要渡過黑水溝，讓很多人喪命。」

「黑水溝是什麼啊？排水溝嗎？」我好奇地問。

「呆子！是臺灣海峽啦！」公孫梓琴又伸手摸我的頭髮。

我生氣地撥開：「不要摸！」

古勤爺爺說：「對！我向那位年輕人提到唐山過臺灣的歷史和黑水溝。」

「黑水溝是黑潮必經的水道，水深深達一兩百公尺之間的澎湖水道，也稱為黑水溝。」爸爸已經鋪好紙，在秤重、分裝藥材。

公孫梓琴轉向：「爸！我幫你包。」

「好！謝謝！」

「啊！對了！」古勤爺爺突然站起來，走到旁邊疊報紙的小茶几底下，拿出一本農民曆：「這年輕人對關公也很有興趣。」

古勤爺爺翻開祀典武廟的農民曆：「他問我：『為什麼中國這麼多的神明生前都是武將？玄天上帝是武將，鄭成功是武將，關公是武將？女性神祇卻都是溫柔婉約的？』我回答他說：『他們都是正氣浩然，普濟蒼生，所以才被鄉里百姓供奉為神。耶穌基督也是因為教人博愛，受世人景仰啊！』」

爸爸笑著答：「古叔叔說得真好！」

「哪裡！哪裡！這是常常來這裡泡茶聊天、邊聽邊學來的知識啊！公孫兄，你說對不對？」

爺爺也笑呵呵：「對！對！」

走廊盡頭傳來腳步聲：「公孫子棋！去幫我去買東西好嗎？」媽媽的聲音從拱門另一邊傳過來。

「好！」我走過去，一邊走一邊喊回去：「要買什麼？」

「一公升裝的醬油和烏醋各一瓶，一包精鹽，一包五臺斤的紅糖。」媽媽的聲音再傳來。

我已經穿過拱門走到古玩古書坊，拐彎站在廚房門口。

「呀！你嚇我一跳。」媽媽差一點就尖叫。

我對媽媽說：「我有一直出聲音回應耶！」

我突然看到黑影靠近：「啊！妳幹嘛無聲無息站在我身後？」

公孫梓琴拿木刀橫在我的脖子後面，探頭看我。
「平時不做虧心事，夜半不怕鬼敲門。現在是大白天，也怕？」公孫梓琴比出揮刀姿勢。
媽媽提醒我：「記得拿購物用的帆布袋。」
「拿了。」我把帆布袋提高揮揮。
「要我幫忙嗎？」公孫梓琴問媽媽。
「不用！」我搶先回答：「我不要跟屁蟲跟來！」
「你說什麼?!」公孫梓琴揮刀。
我側身躲過去：「沒砍到！砍不到！」我向公孫梓琴扮鬼臉。
「別玩了！趕快去買！」媽媽稍微提高音量。
我拿一件外套穿上：「有需要買年糕嗎？」
「喔！對！請順便買年糕。」媽媽遞給我筆記本：「子棋，你不是在做古蹟調查的報告？」
我坐在矮凳子上彎腰蹲下低頭穿上球鞋：「對啊！」
「喏！你的筆記本。」
我把筆記本放入帆布袋：「差一點忘了，謝謝！我出門囉！」我向媽媽揮手。
「好！」
遠處傳來古勤爺爺的聲音：「我也該走了！我的兒子來找我了！」
我踏出門，剛好看見古勤爺爺走出中藥房。
我向他揮揮手。
我穿過像迷宮般的層層巷道才到達市場。這些巷道，最多只能讓摩托車會車，汽車是無法開進來的。還好，這個迷宮般的地區目前只有行人和少數單車摩托車在穿梭，周圍比較寬敞的路，汽車、貨車仍然可以進出卸貨。卸完貨物之後，這個地區就完全是觀光客的人行步道，遊客可以任意穿梭、購物、拍照。今天逛街的遊客應該會很多，所以這時候出門正好避開人潮。

我拐了好幾個彎，我走到最外圍的馬路上，走到對面的市場內，到媽媽平常常去的雜貨店買醬油、烏醋、鹽、紅糖、年糕。回家的路上，我想去記錄我這一組要做的古厝報告。還好古蹟古厝一定有古蹟的說明告示板和相關文獻可以查閱，讓我做報告方便不少。如果沒有資料可以查，我就要傷腦筋了，一定要靠訪問屋主。

我走到的這一棟古厝，它的牆垣塗上灰色細石，長長的圍牆正中央是門，是漆了天空藍、畫上雲朵的木門。這木門蠻厚重的，開或關都有沈重軸心的轉動聲。它原本的木軸已經腐壞，三年前換上了新木軸，不再需要小心翼翼地開門。門楣上方有長方形展開卷軸的圖案，卷軸中間是獅子浮雕，齜牙咧嘴的獅子咬著刻著七星的劍鋒，幾乎要從牆垣衝出來。

媽媽要我順便幫她買的東西，還好我用大帆布袋裝，背在肩膀上，這樣就能空出雙手寫筆記。

我一邊思考：「獅子咬七星劍嗎？」一邊作筆記、畫圖：劍柄在右、劍鋒朝左臉貼是祈福，劍柄在左、劍鋒朝右臉貼是避邪，像英文字母X咬雙劍是鎮煞……

我喃喃：「喔！原來何正箇家大門的劍獅是咬雙劍！一臉威嚴！劍獅的雙腿弓起，好像要準備跳躍。」如果是我幼年時看到劍獅，我一定會嚇到，因為浮雕或畫像實在兇猛。

我的身高一米七，這道圍牆蠻高的，用蹲跳看不到裡面，我企圖助跑跳高一點，也看不到裡面。

古蹟調查是我們班上我這一組的寒假作業，開學就要上臺報告。真糟糕！我得趕快記一記，何正箇應該會接受我的訪問吧！

突然，有一隻手從背後過來，要拉我的帆布袋。

原來是公孫梓書伸手拉帆布袋：「哥！我來幫你拿啦！」

左邊傳來另一個聲音：「公孫子棋！你也太忙了吧？要幫媽買東西，又要做筆記、趕功課。我們來幫忙拿啦！」啊！這個聲音是凶悍的公孫梓琴！

這兩位從我身後出現的女生：公孫梓琴和公孫梓書是我的姊妹。一位是隨身帶著木刀，讓人看到就退避三舍的傢伙；另一位，雖然什麼也沒帶，請別以為她柔弱可欺，當你被她用手刀揍的時候，你就知道她的厲害了，她可是柔道社的健將。

我呢？我才不喜歡兇狠的武術。可惜，這樣的雙胞胎，一位恰北北，另一位對我不錯，很溫柔。

突然間，我感覺一厚實的手掌輕拍我的肩膀：「嗨！公孫子棋！」

我回首看到當警察的米斗實叔叔：「米叔叔！您好！好久不見！」我們異口同聲對他彎身微笑。他廿歲當警察，至今已經五年。

「呦！你們『女大十八變，男大沒啥變』。」米斗實警官叔叔笑著：「這麼早，你們在這裡做什麼？三人行必有我師焉？」

我拿起筆記本：「下禮拜要交古蹟尋訪的作業，剛好同班同學家是古厝，也是市定古蹟，所以來蒐集資料。」

「那直接問同學不就好了？」

「哈！歷史老師規定，自家是古蹟的同學，可以讓別組問，自己這一組不能寫自家古蹟。同學和我不同組，我想先筆記再訪問。」
「嗯！這樣高中生才能動手蒐集資料。」
我驚訝：「米叔叔，你怎麼知道老師這樣說？」
「公孫子棋！你是呆子喔？米叔叔是警官耶！而且這是常識！」公孫梓琴用手指戳戳我的腦袋。
公孫梓書嘆氣：「哥都上高中了，還是一樣呆。」
我不服氣：「請對我有信心一點，好嗎？」
「說得好！警察的本能！哈哈！」米斗實警官叔叔用食指指指自己的腦袋，然後露出疑惑的表情：「你們三人同班吧？」
「沒有！」我說：「梓琴是高二，我和梓書是高一同班。」
「咦？你們不是三胞胎嗎？怎麼沒有同班？雙胞胎、三胞胎不是都一起上學？」公孫梓琴比著我們三人：「我們三人都是滿六歲入學。我九月一日剛好滿六歲可以入學，她們倆是九月二日生未滿六歲，隔年才入學。媽媽很擔心我跟不上學習進度；爸爸說如果不適應再和她們倆念同年級。」
公孫梓琴笑得很得意：「結果我適應得很好。」
公孫梓書和我同時點點頭認同。
米斗實警官叔叔沉默了一下，問我：「對了！子棋，你們幾點到這裡的？」
我想了想：「我六點五十五分出門買東西，買完繞到這裡大約七點五分。她們雙胞胎剛到。」
「嗯……在這裡，有沒有遇到奇怪的事？」
「沒有耶！怎麼了嗎？」

「呃？那個……發生一點事情，我需要你爸爸幫忙。」

我的眼角餘光瞄到熟悉身影：「看！那是爸爸！」我指著前方巷口。

「哦！太好了！我正打算找他。」

「爸！」我喊了一聲，可是，他望了一下，轉身就走了。

我追了過去，他的身影卻已經從巷子消失，我和米斗實警官叔叔在張望尋找爸爸的身影。

我感到疑惑：「為什麼爸爸他沒看到我們？」

「怎麼這麼快就不見學長的蹤影？」

「奇怪！他剛剛明明望向我們這邊。叔叔，剛剛講到哪裡了？」

「嗯？我也忘了。哈哈哈！啊！對了！你要寫古蹟報告！你在蒐集什麼古蹟？」

「有劍獅圖案的古厝。」

「你家不是也有？」

「我家的劍獅是用新木雕刻的，不是陶瓷、舊木雕古蹟；房子是仿舊新蓋的，也不是古厝，所以不能納入這次報告。」

「啊！老師這麼嚴格！」

「是啊！還好府城古蹟、古厝很多，不怕沒題目。嘿！」

「題目全部是府城的古蹟嗎？」

「對啊！我們班分八組，每一組選一座古蹟寫報告。」

「你們兩人同班，有同一組嗎？」

「沒有耶！」

我們不知不覺中已經走回到中藥房。

「你爸爸會在家嗎？」

「平常這時候應該在。」

裡面走出一個人，剛好是爸爸。

米斗實警官叔叔一箭步上前踩上階梯：「學長！先別急著營業，發生命案了！」他常常來我家，所以沒有經過爸爸的允許就直接進門是稀鬆平常的事情。

爸爸扶著門板，眨眨眼：「發生命案怎麼會是找我？我又不是警察！」

米斗實警官叔叔扶住門板：「學長！荷仙家發生奇怪的命案。」

「荷仙家？」爸爸招手，示意大家進門。

公孫梓書倒開水到玻璃杯，遞玻璃杯給米斗實警官叔叔。

「喔！謝謝妳，梓書！學長！沒錯！就是那一家六代在西元一九五〇年代同時皈依在府城七寺八廟之一的黃蘗寺得戒和尚門下的儒學世家，現在當家的是第六代何風樹先生。學長知道七寺吧？」

爸爸往內走，穿過拱形門，進入古玩古書坊，從書架上拿下一本筆記翻著看：「知道，七寺是竹溪寺、法華寺、開元寺、黃蘗寺、龍山寺、重慶寺、彌陀寺。可是，我記得史料記載：黃蘗寺雖然是為大清王朝治理臺灣府城的一座寺廟，它原本是明朝鄭成功管轄臺灣時期麾下的諮議參軍陳永華的故居。」

米斗實警官叔叔找到一張扶手木椅，主動坐下：「等等！學長！諮議參軍陳永華的故居……應該是有三百年歷史的陳德聚堂吧？十六年前，政府就已經公告是三級古蹟了！」

「嗯！鄭成功擊敗荷蘭東印度公司之後，」爸爸用食指敲一下下巴：「在府城延攬天下士，遇到當年才廿出頭的陳永華。鄭成功與他相談甚歡，授予參軍。明朝永曆十八年，西元一六六四年擔任諮議參軍；鄭經加入反清政變的時候，任命他擔任東寧總制使。當時，臺灣的鹽業品質提升、創建全臺首學，都是陳永華參軍的功勞。民間傳說：鄭氏父子反清復明失敗、明朝滅亡之後，陳永華參軍和一群有志之士暗中運作反清活動，他的兩位兒子都任官，故居就無人居住了。府城的永華路就是為了紀念陳永華參軍而命名的。荷仙家一族，在鄭成功時期就已經來府城了吧？他們的先人好像也曾經在鄭成功、鄭經父子麾下任官。」

「我家祖先也是明末時，追隨鄭成功來臺灣的耶！」米斗實警官叔叔有點興奮。

爸爸瞇著眼：「是喔？不是稍晚冒險犯難的『唐山過臺灣』？」

米斗實警官叔叔猛搖頭，我則好奇地撐著頭看；他望向我，我就露齒微笑。

爸爸翻著筆記，一直撫著下巴：「根據《臺灣縣志》記載：「大清康熙廿七年（西元一六八八年）一位駐守左營的守備官孟大志出資興建成黃蘗寺，比《臺灣縣志》早二十年出版的《臺灣府志》則記載是黃蘗庵。三年多之後，大清康熙卅一年間，黃蘗寺失火；康熙卅二年，僧侶繼成法師招集鄰里居民投入重建工作，規模增大。依照《續修臺灣縣志》記載：黃檗寺的建築規模相當大，它擁有三座大殿、完整的僧房齋舍，以及廣大的庭園、竹木花果茂盛，正殿供奉的主尊是黃蘗禪師、觀世音菩薩。很多反清志士隱跡在黃蘗寺出家，該寺成為反清據點是公開的祕密，只是大清朝廷一直沒有確切的證據，無法逮捕反清的嫌疑犯。《雅堂文集》和《臺灣通史》卷廿二記載，一七七五年至一七七八年，大清乾隆四十年至四十三年間，臺灣府知府蔣元樞告知私交甚篤的黃蘗寺方丈不慧法師：『閩浙總督下令通緝他。』不慧法師為了保護寺院僧侶，當著知府的面，焚毀所有的反清復明的軍事裝備，並將百餘萬兩的黃金交給知府蔣元樞，請蔣知府用這一批黃金來造福百姓。而蔣元樞將這一筆龐大的資金用來整修黃蘗寺之外的六寺八廟和推動經濟、教育政策，對府城建樹極多。據說，不慧法師被逮捕、羈押到北京斬首。大清光緒廿一年（西元一八九五年）四月十四日，日本明治廿八年五月八日，大清帝國和日本帝國簽訂馬關條約，割讓臺灣、澎湖給日本政府，開始臺灣受日本殖民五十年，從此在臺灣的年號記錄由大清的光緒年改成日本的明治年，此時的黃蘗寺已經殘破不堪。日本政府管理臺灣島之前，因為黃蘗寺早已被大清朝廷沒收土地，日後便成為下一任政府管理的土地，沒有人提出復興黃蘗寺。日本明治卅二年（西元一八九九年），日本政府為了闢建陸軍步兵第二聯隊營舍，遂將荒廢的黃蘗寺全部拆除，設置了營舍專屬育苗試驗圃和鐵路局職員宿舍。起初供奉在黃蘗庵的文衡聖帝像、觀世音菩薩聖像、三世尊佛聖像，原本都是由孟大志提供。重建黃蘗寺之後的正殿大型雕刻觀世音菩薩聖像、黃蘗禪師像不知道流落到何處；文衡聖帝像、孟大志提供信眾供奉的觀世音菩薩聖像、三世尊佛聖像則遷移到府城天壇。到了大正二年（西元一九一三年），根據臺南州鐵路局職員記載，黃蘗寺的殘跡都找不到了。」

爸爸端起瓷杯啜一口茶：「所以，米警官，你說的黃蘗寺，不是府城七寺八廟之一，應該是這附近的小庵。而這座小庵，應該與大清康熙年間的黃蘗庵、黃蘗寺無關。」

米斗實警官叔叔用手撐著頭若有所思：「唔！嗯！這個嘛！」

爸爸繼續說：「而且，當年在小庵受戒的一家人，當年何風樹先生才五歲吧？」

「咿？」

「在佛教的傳戒儀軌中，只要聽得懂傳戒法師說的話，就算是五歲幼兒也可以接受五戒；荷仙家一族前五代同時參加受戒，當時是佛門津津樂道的話題，十分不簡單。而且我聽說，前四代都修得肉身不壞。」

米斗實警官叔叔眼睛一亮，擊掌：「對！對！對！目前的第四代土葬六年之後，撿骨師撿骨的時候發現，還飄出濃郁的檀香香味。而且聽說面目臉色如生前一般紅潤、和藹，四肢柔軟如初。學長！只是……我不懂，寺院得道的老和尚圓寂之後，都沒有經過土葬就塑成金身，為什麼荷仙家還要經過土葬？」

「在寺院出家的老和尚圓寂之後，寺院會事先整理圓寂的肉身，把肉身調整成打坐的姿勢，然後搬動肉身，坐入已經鋪上除臭木炭的大陶缸之內。接著，依照佛教儀軌封缸，超過三年之後再開缸。開缸之後，如果肉身沒有腐爛，表示這是得道的金身，寺院會找專門的上漆師傅為金身上漆保護，請專門貼金箔的師傅小心翼翼地貼上金箔，然後擇日辦安座法會，才開始給信眾供奉。荷仙家的成年人是在家修行的居士，因為在家居士往生之後，家屬為他做佛事，土葬或火葬的方式是隨家屬的意願或遺囑的交代。土葬三年之後，要撿骨裝甕。撿骨當天如果發現遺體沒有腐爛、脫水，通常會放入腐爛的果皮，讓它快速腐爛。幾個月之後再檢視，如果腐爛成功，剩下骨頭，那就好整理，一一裝入甕中，入塔位；如果沒有腐爛，肉體還發霉，就要一邊請道士做法事，安慰亡者，一邊讓撿骨師們花時間整理遺體。我猜荷仙家第四代不只沒有腐爛還保持生前的容貌甚至皮膚肌肉還有彈性，所以被視為得道成仙。」

米斗實警官叔叔起雞皮疙瘩：「學長，可、可可、可不可以，不要再說了？」

爸爸疑惑：「嗯？咦？米斗實警官，你是警察耶！會怕？得道成仙是令人欣羨的事情吶！」

米斗實警官叔叔一臉尷尬：「怪恐怖的……」

爸爸說：「真的嗎？你知道佛教禪宗初祖嗎？也就是菩提達摩祖師圓寂的時候所發生的神蹟

嗎？」

米斗實警官叔叔猛搖頭，歪頭看著我，我回以微笑。

爸爸瞪他：「看這裡！菩提達摩祖師，在嵩山五乳峰的山洞石室內面壁禪坐九年閉關。出關之後，把四卷《楞伽經》、三衣、缽……等法器傳給二祖慧可大師。相傳，菩提達摩祖師還留下《達摩易筋經》和《達摩洗髓經》。」

米斗實警官叔叔猛點頭，還開心地笑：「喔！這個我知道！就是那位一葦渡江的出家人啦！」

「聰明！一點就通！北魏孝明帝神龜元年，胡太后命令侍者宋雲和崇立寺沙門法力法師和惠生法師等一起出訪天竺。出訪過程，還對所經過的國家國王講解儒家和道家的學說。四年之後，宋雲等人從天竺帶回一百七十部佛教大乘經論。宋雲回國的路途中，在蔥嶺遇到菩提達摩祖師拎著一隻草鞋赤腳走路要回天竺。當時，宋雲對菩提達摩祖師在千聖寺圓寂的事一無所知，回到朝中面聖，還把菩提達摩祖師交代不可告訴別人見到他的事忘記，隨口告訴孝明帝，使孝明帝震怒，把宋雲關在大牢裡，關了九十九天。宋雲入獄的第一百天，孝明帝想起宋雲的話，把宋雲放出大牢，要宋雲仔細交代見到菩提達摩祖師的始末。隨後，孝明帝依照宋雲的描述，派人去千聖寺挖開菩提達摩祖師的棺木求證，發現祖師的報身已經不見了，棺木內只留一隻草鞋。使者回報之後，孝明帝才相信宋雲的話。」

「這是有神、神……神什麼……」米斗實警官叔叔猛搔頭。

「有神・通。」

「啊！對！有神通的祖師，大家都很喜歡！

「令人很羨慕、很景仰！對啦！對啦！可是，往生之後那麼久了，皮膚還有彈性，蠻奇怪的，是神通的影響力造成的嗎？」

「佛教徒相信，出家師父圓寂之後，要塑成金身的時候，如果皮膚仍保有彈性，那是生前持戒嚴謹的修行結果。近代，佛教法師圓寂火葬都稱作：荼毘。火葬是由佛教傳入中國，在宋朝普及，逐漸被大眾接受。佛祖涅槃和他的弟子圓寂的時候，也是舉行荼毘。得道的聖人在荼毘的時候，能燒出舍利花和舍利子。不過，佛祖的法身舍利比舍利花、舍利子重要得多。」

「法身舍利是什麼？」

「佛祖的身教和言教啊！也就是流傳到現代的佛經。」

米斗實警官叔叔突然全身起雞皮疙瘩：「那那那、為什麼荷仙家的、的的的……不火葬？」下巴顫抖地對著爸爸說話。

「因為要供奉金身吧！畢竟在家修行能修到肉身不壞，非常不簡單。出家人能修持到肉身不腐壞，已經是很驚人的事，更何況是在家的修行人。在家修行的人能修持到肉身不腐壞，是成仙的證明，《太平廣記》就記載了不少羽化成仙的事蹟。《十二真君傳》〈蘭公〉篇記載著：兗州曲阜縣高平鄉的九原里，有得道高人蘭公，家族人口一百多個人，對行善盡孝很真誠，感動天地乾坤；蘭公甚至得到了修行的要訣，過一陣子，他能預知事件。蘭公曾經經過某地，指著三座古塚對旁人說：『這是三仙羽化成仙的墳墓，請通知官府把古塚移到旁邊，不要讓人誤踩踐踏。』後來官吏驗證了蘭公說的話。」

「學長，那是神話故事吧？能信嗎？」

「鬼故事能信嗎？」爸爸反問：「如果不能信，你現在幹嘛這麼害怕？還抖到下巴打顫。」

米斗實警官叔叔努力扶著顫抖的下巴：「那是因因因、因為、因為莫名其妙的命案，讓我我我，覺覺覺、覺得、覺得很害怕！學長！你不覺得這個命案很奇怪嗎？」他企圖冷靜讓講話清晰。

「再奇異的事，事出必有原因。」爸爸以沈穩的眼神看著米斗實警官叔叔。

爸爸拍拍米斗實警官叔叔的肩膀，安慰他：「米警官，你看，你的褲管上勾著細枝、被輕微勾到磨損，表示你到命案現場要先經過矮樹叢；躺臥的死者周圍都是紅磚，而且現場不寬闊，你必須站著伸頭查看周圍，甚至爬上疊得比你個子高的紅磚堆上面去查看；您必須彎腰、放慢步伐、踩著紅磚檢視死者，但是你卻沒有蹲下來；死者長的比你高大強壯，讓你查看得滿頭大汗，手帕幾乎濕透，而且查看得十分疑惑。另外，你還看到令你震驚、百思不解的異象。」

「學長！等，等，等一下！你怎麼知道我先經過矮樹叢，才到陳屍地點？為什麼不是先踩到紅磚再到矮樹叢？」

「你剛走進去的時候，是走濕的石徑吧！矮樹叢葉子的露水沾到你的褲管，然後再碰到紅磚，留下大片的紅磚擦痕；你昨天才來這裡炫耀新皮鞋，現在變成這樣：濕的鞋底、鞋頭，踩到紅磚，黏很多磚碎屑，你的鞋頭黏很多紅磚顆粒，鞋底經過走路，已經乾了，黏得比較少，但是紅磚擦痕很清楚。」

「學長！這……我怎麼沒注意到新皮鞋變成這樣？唉！我的名牌皮鞋。嗚……」米斗實警官叔叔把鞋子脫下來仔細端詳，企圖拍下紅磚顆粒：「學長！你怎麼知道我爬上疊得比我高的紅磚堆？」

爸爸指著鞋子：「鞋底側緣都是紅磚顆粒，表示你走上去過，磨到的。你的右手掌和袖子也有擦痕，甚至手掌有一條垂直的割傷。割傷痕跡的一端，有一粒小米大的紅磚顆粒。」

「咦？真的耶！手掌隱隱作痛，剛剛一直忙找線索，現在才注意到。」米斗實警官叔叔拿出手帕挑起紅磚顆粒：「學長！死者比我高壯，我真得是很疑惑啦！比我壯的男人，怎麼這樣就死了？可是，我又還沒說，學長你怎麼知道？」

「你剛剛進門之前，不是舉手一直比高高、雙舉屈肘比壯壯，一直搔頭髮、皺眉頭？」

米斗實警官叔叔驚訝地瞪大眼睛：「學長！連死者是躺臥，你怎麼也知道？難道你跟蹤我去現場？」

「我一直在這裡，還沒出門，孩子們的媽媽可以證明。」

「真的嗎？」

「是的。如果死者躺或趴在地上，你會蹲下來看，你的褲管膝蓋周圍就會有皺摺，但是你的褲管卻像剛燙直，沒有什麼皺摺。應該要蹲來檢視，你卻沒有蹲下來，就是看到震驚的事情。」

米斗實警官叔叔低頭看著褲管：「欸！真的耶！褲管還蠻直的。哪，震驚、百思不解的事呢？」

「那就是雙屍。不，三屍。」

「確確確、確確、確實是三具屍體……」米斗實警官叔叔突然在發抖：「這這這、這這這，這種奇異的事件，我我、我我我，我還是難以接受……」

「米叔叔怎麼了？」我們三胞胎異口同聲。

爸爸看著我們：「因為他看到『不是死者的死者』所以才震驚。」

爸爸認真地看著米斗實警官叔叔：「米警官！現代的醫學和科學越來越發達，過去無法了解的疾病和科學現象，現代漸漸能了解，甚至能有效治療過去認為的絕症。疫苗的研究、海洋研究、太空望遠鏡的發展，就是最好的例子。」

米斗實警官叔叔的下巴在大顫抖：「學長！你你你、你不了解，是是是、是乾屍……」牙齒上下碰撞。

我疑惑地看著爸爸：「乾濕？除濕機喔？」

「呆子閉嘴！」公孫梓琴摀住我的嘴。

「我們離開這裡吧！讓爸爸和叔叔談就好。」公孫梓書拉住公孫梓琴和我離開中藥房一樓走廊，往拱門走。

「不要拉我！我要聽！」我掙脫輕聲喊：「呀啊！妳幹嘛捏我？」

公孫梓琴不放手：「你再吵，我就繼續捏！」另一手還揮著木刀。

「恰北北！」我揉著手臂，眼睛幾乎泛淚抗議：「很痛耶！」

公孫梓書一邊拉著我：「走啦！走啦！」一邊幫我揉手臂。

噢！我們三人充滿好奇，一齊躲在拱門後面偷聽！

米斗實警官叔叔哀求：「學長！你知道如何求福消災吧？幫我一下吧！」

爸爸冷靜地看著他的臉：「《前漢紀》裡的祈福禳災方法嗎？我不會耶！你只是潛意識裡把奇異的事件強烈連結到可怕而已。奇異是不明所以的事件，不一定是令人害怕的事件。例如：神蹟，是令人感到驚奇，卻是充滿喜悅。對於原因不明，卻令人感到害怕，反而是心理創傷留下的陰影。」

「那我該怎麼辦？」

「解決的方法有很多種，例如：向自己信仰的神祈禱，讓自己的心平安；或是多行善，藉由佈施、助人的過程，讓自己心裡踏實；也可以按摩太溪穴增強腎氣，緩解自律神經疲軟。」

「信仰喔？我是信禪淨，拜西方三聖。」

「那很好，試試看讓自己的心安定下來。」

「學長！光是聽你講話，我的心已經冷靜下來了。學長！這個案件太奇怪了！怎麼會有三位死者？」

「肉身不壞不是刑事上的殺人，那是自然壽終。兩位躺臥的死者，才是命案的被害人。《稽神錄》〈周寶〉篇之中記載著羽化成仙的故事：唐僖宗廣明年間，浙西節度使周寶監督整修護城河的工程進度，到鶴林門發現一個古墓塚，棺櫝都快腐壞了。打開棺木蓋檢查，發現一女子面容栩栩如生，鉛粉衣服都完好沒有破損。主掌役的官向周寶報告，周寶親自檢視說：『此當時是嘗餌靈藥，待時而發，發則解化之期矣。』周寶立即命令為這位女子重新下葬，用轎子和聲樂為她送行，周寶與僚屬登上城門遠遠遙望送葬隊伍。送葬隊伍行走數里，有紫雲覆蓋在車輛上面。眾人都看見一位女子從車中出來，坐在紫雲上，冉冉而上，過許久之才消失。周寶立即命令開棺檢視，棺木中已經空無一物。」

「如如、如果成仙與刑事案件無關，那這也太奇怪了！兩者之間有什麼關係嗎？是盜墓嗎？一具乾掉的屍體，不，金身能做什麼？作法？下蠱下毒？還是練功、增強武功？」

「目前不清楚犯罪動機，犯人有其他目的卻不得不殺了兩個人。現在知道的事情是，這兩個人動手挖開橢圓形紅磚塔、打開大陶缸蓋；挖開紅磚的過程十分耗費力氣，又要小心翼翼不製造一點點聲音，以免吵醒屋主，開挖的過程應該十分耗費時間，用的工具應該是十字鎬、小鏟子。」

「現場確實有工具挖過的痕跡，卻沒有看見任何工具，連死者身上也沒有任何能挖土挖磚塊的工具。有可能是徒手挖嗎？」

「雙手戴著棉布手套挖磚頭，一樣很費時費力；拋磚頭歪歪斜斜堆置亂七八糟一定會有聲音；一塊一塊輕輕疊則看得出大部分整齊。」

「所以歹徒到底用什麼方法，能亂拋又沒有聲音？」

「安眠藥。一般人要進入深層睡眠大約要一小時至兩小時，修行功力深厚的人在睡覺的時候，能幾分鐘就進入深層睡眠。能讓屋主一家人立刻睡死的，只有安眠藥。安眠藥來自何處？能給安眠藥的只有醫生、親人、藥房。所以這件事情有蹊蹺。」

「中藥能讓人睡死嗎？」

「中藥能讓人漸漸改善睡眠品質，不能讓人立刻進入深層睡眠。能讓人立刻進入深層睡眠的藥只有安眠藥，但是，安眠藥有成癮的危險。」

「真的嗎？那那，施打鎮定劑呢？」

「鎮定劑能讓激動的人肌肉放鬆，冷靜下來，卻不是睡著；一般人施打鎮定劑，會睡著。但是，內服的鎮定劑只有醫生處方才有，吃多了會上癮、中毒；突然停藥會出現鎮定劑『戒斷症候群』，病人會死亡。」

「所以這兩位死者是這個『戒斷症候群』造成的嗎？」

「米警官！這需要法醫解剖吧？」

「我就想不出來他們為什麼會死啊！」

「現在還在調查初期，不要急。」

「好啦！好啦！」

「等等！」爸爸若有所思，突然右手握拳捶打左手掌：「啊！對了！今天是撿骨整理入缸三年之後，開缸的日子？」

米斗實警官叔叔眉頭深鎖，喉嚨嚥下一口水然後伸手整理領帶。

「那，這跟命案有什麼關係？」

「因為放置大陶缸的屋子，出現兩具屍體。而且大陶缸的陶蓋被打開、丟在地上，碎了一地，所以所長交代一定要找你一起去看現場。」

「甘泉學長？是那一位腦袋中彈之後，會做預知夢的傢伙？」

「是啊！是啊！學長，我們走吧！」

「這次他又夢到什麼？他不是醒著的時候，會去追蹤線索？」

「不知道耶！所長說哪個夢和命案有關，他也搞不清楚了。」米斗實警官叔叔不斷地深呼吸、深呼吸，讓自己冷靜：「而、而且，夢、夢境不能當證據，所長交代要實地查訪。」

爸爸望向樓梯口和拱門，向廚房探頭：「孩子的媽！我跟米警官要去現場囉！孩子的媽？咦？不在嗎？」

爸爸轉頭看著我們：「梓琴、子棋！妳們跟媽媽說，我跟米斗實警官去現場，麻煩她顧一下店。」

我們齊聲：「好！爸再見！」

（二）甘泉

三個月之前，府城北區：

我怒吼：「不准跑！」

我看看四周，比手勢：「林泛舟！你帶三個人從後面追，我帶他們從正面突破！」

林泛舟警官點頭示意。

我預料嫌疑犯會跳樓逃跑，這是第五次抓他了。

這個狡猾的傢伙，在永康犯兩次竊盜案、東區犯一次、南區犯一次，這次跑到我的轄區犯案，真是可惡。

依據先前的線報，這個傢伙躲在某一條巷子的公寓中，我們的便衣偽裝成郵差，他竟然能從五樓公寓鐵窗內探頭一看，低吼：「這不是平常的郵差！」立刻拔腿遁逃。

我的同事已經偽裝送信兩星期，怎麼立刻被認出來？難道是偽裝技巧太差？

不！不可能！如果不是他的女人通風報信，就是他太狡猾。

我已經安排人埋伏在這一間公寓的四樓和六樓樓梯間，準備上下包抄、衝入嫌疑犯住處。他們破門之後，檢查客廳、廚房、浴室、臥室、陽臺，都沒有發現蹤影，最後在臥室床頭櫃找到嫌疑犯的女人，原因是她放個響屁洩漏蹤跡。就算上面蓋著棉被隔音，聽覺敏感的警察們也能找到。另一組追到後陽臺，嫌疑犯早已經從後巷逃生梯跳到隔壁，鑽出後巷不見了。當我為了嫌疑犯逃跑一事感到氣餒的時候，林泛舟警官押著嫌疑犯出現了。

我驚喜：「你抓到他了？」

林泛舟警官舉起擦傷的雙手：「他跑出巷子，眼睛也不看路，用力撞上我的背部。我趕緊抱著他在地上打滾。他本來要掙脫，其他人趕到壓制，才把他扣住。」

同事們紛紛和全身髒兮兮的林泛舟警官擊掌：「林警官！立大功了喔！讚！破案獎金一定是你的了！」

我豎起拇指：「林泛舟！幹得好！」拍拍他的肩膀。

林泛舟警官敬禮：「謝謝所長！」

「先把他關在派出所樓下，明天移送。」

「是！長官！」

「找個人來幫他擦藥！謝謝！」

今天很順利，晚上可以安心睡覺。

隔天：

有線報說，幾位竊盜在逃的嫌疑犯躲藏在拱辰門附近的公寓內，剛好是我的轄區。我立刻指揮調派五組員警，往大北門附近搜索，我這每一組分散一些，裝成是路人。

我戴著鴨舌帽、穿格子厚襯衫搭深藍系牛仔褲，和搭檔的女警裝成逛街的情侶或夫妻，前往線報提示的公寓地帶走動。

耳塞內傳來：「嗶！所長！發現到目標物！在您的右上方！」我正想抬頭：「嗶！別抬頭！目標物正在低頭看你！」負責監視的員警把我和嫌疑犯的動向看得一清二楚。

女警假裝翻斜背的仕女包找口紅，以細肩背帶的金屬扣指方向，耳塞內傳來：「嗶！停！就是這一戶。」

我假裝在摸她的頭髮，從她的馬尾往金屬扣指引的方向看過去，剛好是右後方這一棟公寓。

我蹲下來綁休閒鞋的鞋帶，用手指比OK的手勢綁鞋帶，暗示三路包抄。前路後路的員警貼著牆壁行走，以免被發現。

「嗶！目標物退回室內了！」

我立刻比大拇指，暗示第一階段攻堅。帶著鎖匠的員警立刻靠近開鎖，才五秒鐘，木製大門門鎖已經被解開，暗鎖沒鎖住、門閂還好沒拴上。

我用手指比二、一、上下、握拳，兩組員警立刻輕聲地往上衝。

「拜託！不要再跳樓了，」我心中暗自祈禱：「不然還要送醫院，很麻煩。」

經過一兩個月的監聽，一直無法確定是哪一戶，原因是嫌疑犯偷接鄰居電話，鄰近住戶的電信公司的戶外接線盒被盜接。

我們監聽數次抓人都撲空，原因就是嫌疑犯從後面的防火巷盜接再繞遠路，如果依照電話登記地址抓人，當然抓不到。

我們曾經找電話公司的技師，用儀器測試電話線路被接多遠，但是，掛電話是線路開路，無法測試。電話交換機機房能測試出線路閉路的時候，線路品質佳，是否被分接線路的線路阻抗誤差值極小，很難判斷被盜接多遠。粗略判斷是前後左右鄰近的五戶之內。一直到有一組便衣員警在許多次監視觀察中，偶然間發現嫌疑犯在檢查線路，我們才知道被耍了，嫌疑犯不固定幾天會換位置，盜接到別戶接線盒。嫌疑犯的狡猾不只如此，當我們知道嫌犯的確切位置，發現嫌疑犯知道房東和鄰居是摯友，兩戶後面牆壁是打掉相通，附近巷子又蜿蜒，嫌疑犯每一次進出都走不同巷道，然後借道進屋子。不是住在這一帶的人，根本搞不清楚出入巷道怎麼這麼複雜。

今天終於監聽到嫌疑犯訂便當外送，掌握到外送的地址，我們找一位新進員警先換好那家便當店的制服，在樓下接手送便當。時間算得很好，不然嫌疑犯一懷疑，可能就會拒收。

便衣員警按電鈴：「叮咚！小林便當外送！」透過鐵門往裡面望。

是個胖男人來開門，透過鐵門大吼：「你是誰?!警察嗎？」

嫌疑犯們在總是用這招嚇人，如果你表現愣住了，他們就認為是送貨，表現淡定是警察。不過，有時候，歹徒的反應判斷是相反，警察必須見機行事。

便衣員警深深一鞠躬：「呃！抱歉！我是新來的外送工讀生，如果我剛剛失禮的話，我向您道歉！」

喀！門蓋了！蹲在門旁的員警用手從外側拉住鐵門，擺上吸盤避免嫌疑犯推拉鐵門傷及員警。便衣員警往前撲、抱住胖男人，胖子企圖掙脫，另一員警上銬，三員壓制，胖男人大叫，兩組員警衝進去。

「警察！通通不准動！證件拿出來！」

控制現場之後，我最後走進門，企圖爬窗戶的傢伙已經被抓下來壓制，雙手抱著頭。

我瞄到在場的一位少年一直在看走廊尾端，我示意林泛舟警官朝少年看過去的方向去追蹤。

「嗶！所長，走廊底有一間小房間，看起來像倉庫，這裡有吸毒器具，鋁窗逃生口被拆下來了！看起來嫌疑犯溜了！」林泛舟警官回報。

耳機傳來聲音：「嗶！所長！我們Z組在路口看到其中一名嫌疑犯，他騎摩托車跑了！我們組員正在追！」

我回：「嗯，了解！一定要抓到！」

「嗶！了解！」

騎摩托車逃走的嫌疑犯是高之止，他和廖輔鈞都是因為強盜案入獄，他們在監牢裡住同一牢房認識彼此。當他們坐牢刑期滿了之後出獄，還特地跑到派出所來向我發誓：「要好好重新做人、好好做生意。」我和妻子還去過他們各自的市場攤位買過菜，沒想到他們又再犯。

警方獲得線報，說他們兩人犯竊盜案多起之後，聚在大北門附近的一間公寓吸毒。染上毒癮之後就沒完沒了了啊！

沒想到剛剛攻堅突破，現場發現廖輔鈞，高之止跑了！

從現場看來，他們不只吸毒，還提供毒品給青少年吸食。

真是造孽啊！

雙臂刺青的廖輔鈞抱怨：「喂！所長！你幹嘛抓我抓這麼多次？」

我冷冷地回他：「我夢見你想被我抓，所以我來了。」

廖輔鈞沉默地瞪著我。

「你和高之止之前曾經到派出所向我掛保證，說要認真工作，結果呢？現在呢？」

「所、所長，我有認真工作啊！是小高拉我來這裡的……」

「那這群孩子是哪裡來的？」

「他們都是我的孩……」
「他們都是你的孩子？騙我！你才幾歲，孩子有這麼大？你八歲就生小孩了嗎？然後，蹦！一下子長大，全部上國中？」
「不是啦！他們都是海港邊那所國中的學生啦！」
「什麼⁈你讓中輟生來吸毒喔？」
「沒有啦！用說的而已啦！」
「他們多久沒有回家了？」
「一、一星期……」
「這下子，就成立和誘罪了……」
「和柚？日本柚子嗎？」
我瞪他：「誘拐青少年！罪加一條！」
「哇！所長！我不要啊！我老婆會宰了我啊！」
我不理會他的跪求，環視圍在小桌子旁邊的六位青少年，三男三女。
我按對講機：「我是所長！我需要少年隊和婦幼隊女警過來支援！」
「嗶！收到！立刻聯絡！」對講機那一端回覆。
員警遞給我一小包夾鏈袋，我看著廖輔鈞：「廖輔鈞，偷東西又嗑藥，你不想要你的小命啦？」
「所長！不是啦！」
「廖輔鈞，這一小包是你買的？還是準備要賣的？還是……」

「不是啦！所長！」
「啊！是不是你把毒品賣給他們？毒品賣給未成年？提供毒品給未成年吸食？」
「不是啦！所長！」
「這下子，你死定了！這是重罪啊！」
「所長！我發誓！我沒有賣毒品給青少年，那一包不是我的！」廖輔鈞下跪流淚向我哭求：
「所長！真的！我發誓！我真的沒有買賣毒品……」
這是偽裝的眼淚嗎？
我鐵了心：「這包毒品是哪裡來的？」
廖輔鈞囁嚅：「向、向一個女人買的……」
「女人？她是誰？」
「不知道！我不認識她。所長！請你相信我，確實不是我買的。」
「嗶！Z組已經逮捕目標！」
「收到！」我回應。
「抓到高之止了！」我向著廖輔鈞。
「啐！」
「啐什麼啐？全部帶回去！」我問：「沒有漏掉的吧？」
林泛舟警官轉向我：「報告！現場的人全逮捕了！」
「把他們全部帶走！」我揮手：「收隊！」
我們員警押著一行嫌疑犯下樓，一走到戶外，已經有一群聞聲而來的鄰居和路人在圍觀。當我們準備把嫌疑犯押解到停在大馬路旁的警車，我看見六線道對面停了一輛白色高級轎車。駕駛座上坐著一個男人，他的左手拿著一塊白色抹布在擦拭半開的駕駛座車窗，我覺得他很眼熟。他是誰呢？在哪裡見過呢？很像一個人，令人難忘的火焰型捲髮、深邃眼神、直挺的鼻子……他很像我的高中學弟……

等等！他真的是公孫學弟！

當我正想仔細看的時候，鼻子好癢，我想打噴嚏，我用左手準備遮住口鼻。

突然間，我感覺鼻孔一陣燙，頭腦感覺一陣天旋地轉，然後往後倒。

四周圍一陣腳步聲……

嗶！嗶！嗶！

這個漁貨市場還蠻熱鬧的嘛！

咦？好眼熟的人啊！我走過去。

「廖輔鈞！你賣的魚貨不錯喔！」我稱讚。

「甘甘泉所長！」廖輔鈞拉拉緊身的淺色長袖，驚訝：「你怎麼會在這裡？」

「哦！我和內人來逛魚市場買魚貨。你，做得還習慣嗎？」

「這、這是我的本行，從小我阿爸、阿母就教我如何批發魚貨、賣魚。」

「喔！你父母真好！你也要努力喔！不要再出現在局裡了。」

「所長！我一定不辜負您的期望！」

「好！好！好！啊！對了！這尾虱目魚和土魠魚怎麼賣？」

「大的虱目魚一尾五十元，土魠魚一片六十元。」

「請問，虱目魚要怎麼切？」

「嗯，分成帶肉魚頭、魚肚、魚背、魚尾好了。」

「喔！好！好！我優先幫所長切。」

我很欣慰，廖輔鈞終於下定決心金盆洗手了。

嗶！嗶！嗶！

永康的兵仔市場的攤位很整齊啊！

我豎起大拇指：「高之止！生意看起來不錯喔！」

「所、所長？真的是所長！」穿著圍裙，蹲在一旁整理高麗菜等蔬菜的高之止滿臉驚訝。

他用一旁的水桶水洗手，用一旁的毛巾擦乾雙手；粗大長繭的雙手，一一把菜搬到檯上：「所長，感恩您來我的攤位採買。想買什麼？哪幾種菜？」

我思索：「這個嘛……」

「啊！所長，很難決定喔？隨便你挑啦！」

我開心：「噢！給我內人選吧！選菜，我不在行！我只會選我愛吃的。嗯，這一粒好了！」

「喔！蠻重的！大約有三斤重！」我選了一粒高麗菜：「這一粒多少錢？」

「一斤十八元，」高之止把高麗菜放在磅秤上：「這一粒剛好三斤重，五十四元。和所長夫人買的幾種菜七十元，共一百廿四元，收您一百廿元就好。」

「真的嗎？謝謝你喔！高之止，你的菜真好！高之止，要好好加油喔！」

我再一次對他豎起大拇指。

「所長！謝謝你們的光臨。我會加油的。」

嗶！嗶！嗶！

「你這小鬼是怎麼樣？不學好，還敢偷竊！」一位穿著花枝招展、濃妝豔抹的中年婦女在派出所大罵她小學三年級的兒子：「交代你去雜貨店買東西，還被抓到用偷的？」

小男孩囁嚅：「妳給我的零錢不夠買一瓶醬油嘛！」

我在一旁看了皺眉頭。

我走了過去，蹲了下來：「不夠多少錢？」我好奇地問小男孩。

小男孩一邊看著女人，一邊用發抖的手指比三：「三元。」

「才不夠三元？錢不夠，不會自己想辦法嗎？」那女人怒吼，舉手要甩巴掌。

我迅速地抓住她的手腕。

我輕聲地問小男孩：「媽媽教你錢不夠用偷的？」

小男孩發抖看著那女人，我放開女人的手，女人揉著手腕。

我的語氣嚴肅：「這位太太，妳希望警察把妳以教唆未成年犯罪移送法辦？還是以不當管教移送法辦？」

女人啞口無言，望著我。

我嚴肅：「林泛舟警官，請聯絡商品被竊盜的商店老闆來一趟派出所。」

我面對女人繼續說：「我希望妳能帶著孩子誠心地向老闆道歉，否則，我就把妳直接移送！」

嗶！嗶！嗶！

我站在觀察室裡面。

林泛舟警官怒拍地偵訊室的桌子：「證據都證明是你犯的罪，為什麼死也不招認？」

「警察踐什麼？我什麼都沒有做！我沒有犯罪！」

磅！

嫌疑犯林木楓發怒踹桌子：「我沒有犯罪！」桌子像不倒翁搖擺，差一點翻倒。

「不准破壞公物！」林泛舟警官氣到站起來：「這張照片是你吧？是不是？不敢說話嗎？這證明：你．在．現．場！」

「我是中午接到電話才去那裡，我到那裡的時候，他已經被刺死了！真的不是我幹的！」

林木楓雖然是竊盜累犯，平常待人處事說話非常兇狠、直接，卻不曾犯下殺人罪，看起來不像說謊。我想，警方應該換一個方向偵查。

我走到偵訊室門口！

叩叩叩！叩叩！

我開門走進去。

我拍拍林泛舟警官的肩膀：「換我來！」示意他到一旁休息。

我坐下來：「我是守平安派出所的所長，敝姓甘。」自我介紹。

林木楓正眼都不看我一下。

我翻看著卷宗：「不好意思，請您來配合調查。」

林木楓完全不理我。

「林先生，您，喜歡釣魚？」我先開口。

林木楓完全不正眼看我，只回答一聲：「嗯！」

「你常常去溪邊釣魚？」
「嗯！」
「海邊呢？」
「偶、偶爾去……」
真是寡言啊！
「連天氣不好的時候，你也去釣魚嗎？」
「嗯！是啊！」
「是喔！那不是很危險？」
「那樣才能釣到稀有的魚。」
「稀有的魚？哦！包含地震魚嗎？」
林木楓眼睛一亮：「當然！你懂得釣魚？」盯著我。
我微微地點點頭。
「我還釣過八公尺的地震魚喔！沒有任何人幫忙！」林木楓得意：「魚吊起來比我的身高還高！」
「真的嗎？真厲害！」我鼓掌鼓勵他：「你可以站起來比一下多高嗎？
「我很有興趣！也許可以拜你為師。」
「比這一間的長度還要長啦！擺在這一間，還要把魚的身體弄彎。」他真的站起來用雙手比劃：「嗯，擺斜的還差不多。」
我的表情欣羡：「那不就要很早就去那邊等魚上鉤？」

「當然！」林木楓得意地抬高下巴。
我挑出一張生活照放到桌上，然後指著照片：「你多早就在這裡等？」
林木楓瞄一眼：「一大早。」
「是你叫他來的嗎？」
「當然！」
林木楓忽然領悟到什麼，驚訝地張大嘴，然後似乎羞愧地發怒：「你們警察竟然套我的話！」
「這是合法的偵訊方式。」
「我要向警察總局投訴你！我要投訴你！投．訴．你！」
「請便，但是請別轉移話題。」
我指了指照片：「你……一大早在這裡等誰？」
「等、等我的朋友……」
「朋友？你等人的地方，這天一大早有目擊者看見只有你和他兩個人出現，你等的人是他嗎？」我攤開與生活照同一人的一組屍體的照片。
林木楓驚訝到張大嘴，立刻故作鎮定。
「你認罪了嗎？」我淡定：「我們有錄音。」
林木楓似乎很不甘願，沮喪地點點頭。
我站起來：「交給你了！」我拍拍林泛舟警官的肩膀。
「是！」林泛舟警官回禮。
嗶嗶嗶嗶嗶！嗶嗶嗶嗶嗶！

「嗚！」我感覺……

嗶嗶嗶嗶嗶！

「嗚！嗚！呼！呼！呼！」

喀喀喀！喀！喀！喀喀喀！

嗶！嗶！嗶！

「這是哪裡？」我向四周圍張望。

「喂！你們怎麼不回答我？」

我坐在自己的辦公桌前面，桌子一直在升高，我的座椅一直在往下沈：「喂！喂喂喂！桌子這麼高，這樣我沒辦法閱卷辦公啊！」

「嗚！嗚！」我的頭好痛「呼！呼！呼！嗚！嗚！」

嗶嗶嗶嗶嗶！嗶嗶嗶嗶嗶！

「高之止！廖輔鈞！你們怎麼跌倒了？跌倒了就要站起來啊！高之止！廖輔鈞！站起來啊！站起來！不要放棄！高之止！廖輔鈞！你們回答我啊！我是甘泉所長啊！」

嗶哩！咕嚕！

好刺眼……

「又發炎了嗎？燈，左邊一點，再一點點，OK。

剪刀，鼻毛需要再剪短……

鑷子、洗鼻器，棉花棒……

消炎殺菌噴劑……」

嗶！嗶！嗶！

早上五點十分，我被值日的同仁打電話吵醒。

值班員警林泛舟警官聲音急促：「所長！不好了！嫌疑犯林木楓死在臨時拘留室裡面！」

我警覺：「什麼?!」

「我以為他一整夜都在睡覺，五點巡視的時候，隔壁的嫌疑犯被車聲吵醒，轉身摸到他全身冰涼，嚇得大叫。我招呼同事戒護，我進入裡面檢查，結果他已經沒有氣息。喔！所長！救護車到了！我先掛電話了！」

我趕緊更衣，匆匆買早餐，趕到派出所。

我一踏進派出所：「林木楓是怎麼死的？」

「我不知道！所長！下一步該怎麼做？」林泛舟警官顯得有點慌張。

「先填寫報告，一併呈報檢察官請法醫緊急解剖。」我說。

過了幾天，法醫解剖結果出來了，林木楓是**心臟衰竭**引起，沒有任何他殺的跡象。與他關在一起的人，也洗清罪嫌。

嗶！嗶！嗶！

「嗚！嗚！呼！」

嗶哩！咕嚕！

好刺眼……

嗶嗶嗶嗶！嗶嗶嗶嗶嗶！

「學弟！我們要逮捕你！」

「我正在等你來。」

「你，是故意的？」

「不是，但是我知道你會來。」

「你！」

嗶嗶嗶嗶嗶！嗶嗶嗶嗶嗶！

「嗚！嗚！呼！」

好亮……

「又高燒嗎？」

「四十點五度。」

「退燒針。」

「呼！呼！」

嗶！嗶！嗶！

（三）柳子靛

在紅葉書法班裡，每一位初學的學生都是從磨墨、執筆、沾墨學起，然後練習永字八法。老師的年紀雖然有點大，但是他的教學熱情不減，總是細心教導學生從「永」字的一點、一橫、一折、豎勾、一提、一撇、橫撇、一捺……等等練習起，讓學生們從這裡，逐步地進入書法之堂奧。

剛開始，書法班人數不多，只有幾位未婚女子參加。接著，從我這位「招財貓」加入書法班之後，過沒多久使得班上人數漸漸增多。

那時候，我不是未婚加入書法班的，而是已婚，孩子們大的上高中，小的上小一，他們上學之後，我整理好家務，才利用時間去學書法的。說來有趣，紅葉書法班開班幾年之後，我在某一個星期三下午帶著小的去社區活動中心參加喜宴，卻看到活動中心的一個角落空間有一群人不是在喝喜酒，而是在學書法。

不知道是哪裡來的勇氣，或是好奇心驅使，我看到隔壁桌沒有人坐，便帶著孩子走進教室。我帶著小的走過去探頭看，看看什麼是寫毛筆字。我剛好看到一位老伯走過來最靠近我的位置，教一位男子寫「永」字，每一筆、每一劃都寫得好工整，看得出來是用真心耐心在寫字。

「來！這樣豎勾，再示範一次，豎勾……接下來繼續練習。」老伯告訴男子。

我欲言又止：「請問……」

老伯轉頭看我：「妳想學書法？是嗎？」

我驚訝：「是！」我怎麼回答地這麼快。我一屁股就坐定，膝蓋上抱著小的。

老伯看我一眼：「小姐，妳沒有帶文房四寶吧？來！這一組先借妳用，墨汁就直接沾瓶子的，再到硯臺把筆潤圓。請先跟我的進度練習永字八法，下一堂開始再從磨墨開始教妳。」

「磨墨應該不用教，以前學過……」

「真的？那可以直接練習，我再幫妳調整妳的握筆姿勢。」

小的卻一把抓起大楷的毛筆，好奇地在紙上畫，幸好我還沒有打開瓶蓋沾墨汁。

「溫子！不要玩！哎呀！哈哈！妳畫到媽媽的臉了！唉！沒辦法寫字。」我轉身問：「老伯，書法班有上午班嗎？我想趁著孩子去上學的時候來學。」

「有！剛開一班，開在星期五上午。」

「真的？那我現在報名！老師！學費多少？要先繳費嗎？」

「書法班一期一千元，一期三個月，星期五上午再繳就好了。」

「那，幾點開始上課？」

「因為要留時間給家庭主婦買菜和煮飯，所以是上午九點到十一點上課。」

「呵呵！老師！我明白了！下一堂課見。」我開心：「溫子！我們回家囉！」

我開心地牽著溫子離開書法教室，回到喜宴的座位剛好新郎新娘到隔壁桌敬酒，等他們敬完酒，就換我這一桌了。

回到家裡，我開心地找出細心收好的筆墨紙硯，那是大女兒念小學的時候，上書法課用的。

「呀哈！太棒了！」我開心地哼著歌曲。

丈夫從門口探頭問：「什麼事這麼開心？」

「這星期五起，我就是紅葉書法班的學生了！」

「老學生？」

「老公！你剛剛說・什・麼？」

「我我、我說愛妻很好！」

丈夫拔腿就往樓下跑，一邊走還一邊回頭：「我去顧店面！等一下有客人要來取貨！」

「你給老娘記住！」

六年來，隨著紅葉書法班上課日子漸漸增加，我的書法造詣漸漸加深，老師鼓勵所有同學都去參加比賽，也鼓勵大家去寫春聯。

我的人緣算不錯，也拉了不少主婦加入書法班，手帕交何古秀子就是其中一位。她是我的姊妹淘，幾年下來，她是前年代表紅葉書法班參加「春聯競賽」得獎的人。她的書法棒極了，我們一起上專業班的時候，老師教的技巧她一學就會，有許多下筆的技巧，都是她提醒我的。雖然我是隔年才參加競賽，有老師和她的提點，我漸漸能掌握下筆的訣竅，比賽才能得獎。

去年入秋那一天，何古秀子向我介紹她身旁的年輕男子：「靛子！這位是我的表弟小賀。」向他介紹我：「小賀！這位是我的好朋友靛子。」

我微微笑：「小賀，你好！」

「靛姊，妳好！」

「拉表弟來學書法喔？」

何古秀子喜孜孜：「嘿嘿！靛子可是這一次府城書法比賽的冠軍喔！」

小賀驚訝：「這麼強?!」

「沒有啦！靠上一屆冠軍何古秀子老師的指導，何古秀子老師指導有方啦！」我謙虛：「大家一起切磋，一起加油啦！」

可是，才過沒幾星期，何古秀子變得非常奇怪，愈來愈消瘦。我問她是否就醫，她說婆婆會生氣。我覺得她是在敷衍我，因為我詢問她身體健康如何的時候，她一直支吾其詞，我直覺有問題。聽說她婆婆相信祈福消災，剛好我丈夫的副業是禳士，可以拜託他幫忙。可是，秀子的精神愈來愈萎靡，讓我好著急。

只見禳士穿著周朝的服裝：矩領連身長衣，交領右衽、窄袖、束腰絲織皮革混紡的腰帶，腰右側掛四神獸浮雕玉珮。他在半空中揮著比前臂長的大毛筆，筆尖沾著朱砂，作揖敬禮四方：「北禮玄天上帝公，東揖東華扶桑公，西拜瑤池金慈母，南敬天上聖母娘，中恭正氣聖帝祖，上祈玉皇上帝公，下求地藏王菩薩！」禳士把寫著七位威德神尊名字的七色紙條貼成七角形圍在何古秀子的座椅周圍，外圈再貼七個點。

荷仙家老人何武悟讚嘆：「禳士是萇弘的後人，還主持萇弘祠，時常為鄉里求福禳災！禳士父子是我的老朋友了，有事情我們都會互相幫忙。這一次媳婦無預警生病，還麻煩您夫妻倆，真是過意不去！」

我謙虛地對荷仙家的長輩何武悟老先生說：「好朋友互相幫忙而已。呃？老先生，您剛剛說的萇弘是誰？」

「東周時期蜀國人，擅長樂理和天文曆數，孔子曾經帶門生向他請教樂理。萇弘化碧就是萇弘被奸臣誣陷而自殺，蜀國人感念他的忠貞，藏起他的血液在盒子裡面，這血液三年化成碧玉。」

禳士踏步以大筆在七個點上方的空氣中揮灑，口唸：「地水火風空見識，十方諸佛啟般若，七方善神護神識，戒斷除諸毒！」禳士揮動的大筆，筆鋒畫過的地方似乎有著反射的光芒。

這就是七芒星嗎？我很少看到禳士做七芒星儀軌，這是極為嚴重的疾病，或是難以降伏的厄難才會動用到。

我只是前幾天提到：「何古秀子在書法課出現**恍神**、**疲倦和黑眼圈**。」而已啊！

「你們在做什麼？」大廳旁垂布簾的拱門走出一位老婦人，是荷仙家老夫人何陳禎。

何陳禎老夫人看著我怒斥：「我這個招蜂引蝶的惡媳婦，不需要你們多管閒事！」

「不要這樣嘛！好好說！好好說！來！坐！」何武悟老先生招呼著何陳禎老太太。

「我本來就是太后！你們就是要聽我的！當媳婦的不好好在家裡忙家事，去上什麼莫名其妙書法班?!」

「何老太太，秀子都是讓孩子去上學、忙完家事，才去書法班的。」我有點按捺不住脾氣：「更何況，她曾經參加書法比賽得到冠軍，獲得十萬元獎金。」

「唉！好好說嘛！」何武悟老先生耐著性子安撫。

碰！

何陳禎老太太生氣，用力拍桌：「我們家也不需要她的錢！」

還好現場沒有小孩子，不然，不被嚇到才怪！

我一手輕撫何古秀子的肩膀，另一手忍不住握緊拳頭想發火：「妳……」

禳士突然跳到我和何陳禎老太太中間，面對我，又向後轉，口中喃喃：「南無地藏菩薩、南無地藏菩薩、南無地藏菩薩、南無地藏菩薩、南無地藏菩薩、南無地藏菩薩……地藏菩薩顯神威，救拔瞋恚無明眾！」

一把折扇突然展開，上面好像有黑影，仔細一看有寫字。

哎呀！不要擋住我！我想看！

我好奇地伸著脖子往前探。我扶著秀子，跨步走到她另一側身旁，換手一邊扶著何古秀子，一邊想順便看看扇子的題字。

哦！題字原來是：韜光養晦。

禳士的眼神銳利：「何陳禎老太太！鄰里都知道：荷仙家以『德風著稱，羽化成仙金身著名』不要壞了家風啊！鄰里居民們對第一代、第二代、第三代、第四代都很景仰，第五代和第六代跟著受戒也是想維持家風，他們可不想毀了自己的家庭。」

何陳禎老太太氣到顫抖地指著何古秀子：「是她！都是她！」

何陳禎老太太氣憤：「我、我沒有要毀掉這個家！」

禳士轉頭看著何古秀子和我。

禳士繼續以銳利的眼神看著何陳禎老太太：「為什麼？理由是？」眼神顯露嚴肅的光芒。

「每天喝醉酒，醉茫茫，像話嗎？」

何武悟老先生緩頰：「秀子不會喝酒啦！」

何陳禎老太太聲音更高亢：「你閉……」扇子那四個字再度檔在眼前，她瞪大眼睛看著字。

禳士嚴肅地問：「何老太太，您知道這四個字的意思嗎？」
「修、修身養性的意思啦！」何陳禎老太太聲音變小了。是心虛嗎？
「何古秀子沒有喝酒的習慣，甚至滴酒不沾，怎麼會醉茫茫？」
「她、她現在不正是醉茫茫……」
「不是，那與喝酒無關，也不是醉茫茫。」
「要不然，她到底是怎樣？」
「生病。」
何陳禎老太太情緒尖銳：「生什麼病？」
禳士沈穩地解釋：「妳禁止她去就醫，當然不知道是生什麼病。何老太太，您禁止自己的媳婦去就醫看病，是想要毀掉荷仙家的名譽？」
「我……」
他勸她：「讓她去看醫生吧！」
「不，不要……」
「讓她去看醫生吧！」
「她是媳婦就要聽我的。」
「她不是妳的奴隸，而且妳不是想知道妳媳婦發生什麼事？難道妳想因為虐待媳婦而登上社會新聞？」
「我、我……」
「為了荷仙家的名譽，讓她去看醫生吧！」

何陳禎老太太沉默半晌，終於答應：「好、好吧……」

穿著襪士服的丈夫使眼神暗示我趕快陪何古秀子去就醫，我從包包中拿出紙條留言給何古秀子的孩子們，並借用電話聯絡何古秀子的老公。接著，何武悟老先生則幫忙打電話叫救護車。

何古秀子終於就醫了。

到了今年二月二日週末，丈夫和我帶著孩子一起來餐廳用餐，服務生帶我們到靠中庭的座位，中庭中間有一個水池造景。

有一位老先生從隔壁的包廂走出來，長袖薄夾克的袖子稍微捲起來。他回首看著中庭，紅色蜿蜒的橋樑被綠樹包圍著，這一邊綠樹低垂，樹蔭遮住右長廊，對面那一邊的橋樑因為斜陽而灑著陽光。老先生伸出右手直指和中指像似夾根菸，但是他只有比手勢，沒有真正夾一根菸。

餐廳經理說：「幾個月以來，老先生為了不影響其他人的健康，毅然戒掉抽菸的習慣。剛開始，當抽菸的癮頭出現的時候，老先生他用毛筆桿把一張小紙片捲成細筒狀，含在嘴裡，想像自己正在吸菸。想著想著，菸癮不知不覺地就消失了。」

老先生似乎有心事，似乎突然對眼前的景象感到不解，老先生手指者著造景大庭院的中央跨過水池的紅橋，向走近自己身旁的男子問：「那座橋叫什麼？」

男子支支吾吾：「嗯？曲，曲橋……」

「是叫做九曲橋啦！爸爸！」男子右手牽著的小女孩說。

「對對對！是九曲橋！妳真厲害，媽媽才講過一遍，妳就記住了。」

「那、那，這種風格的橋樑叫做什麼？」

「叫、叫……呃，我……」

「爸爸真笨！這一種叫做宮廷風啦！」

「對喔！對對對！宮廷風！宮廷風！溫子怎麼這麼聰明！哈哈！」

「媽媽講了一遍我就記得了。爸爸！這很容易好嗎？」

「真是聰明的好孩子！」

「謝謝誇獎！」

「不客氣！」

我走近他們，從他們身後說話：「那是有人引進宮廷風建築蓋成的！」

「是媽媽！」父女倆開心地異口同聲笑。

老先生發覺我的眼光看著他，趕緊急著放下剛剛捲起的袖子，眼光一直不安地看著自己的手臂。

我的眼光凝視著老先生的手臂，猶豫是否要碰觸：「老伯，您的手……還好吧？」

老先生摸了摸、動了動：「這隻手？嗯？嗯！沒事的！沒事！你們看！你們看！握拳、開掌、握拳、開掌、握拳、開掌，手指也很靈活。我剛剛還在裡面練大字，很順的。」老先生的笑容伴著深深的笑紋，像極了喜事臨門。

丈夫看著小女兒笑：「哦！原來如此！」

溫子好奇地拉拉老先生的袖子：「爺爺！你常常戴著手套寫毛筆字嗎？」

「溫子！怎麼這樣對爺爺說話呢？」我微笑著瞪了一下小女兒。

溫子以可愛的露齒笑容看著我。

老先生憐惜地看著溫子：「沒關係！沒關係！不要緊！不要緊！童言無忌！童言無忌！」

溫子指著庭院內，好奇地問：「爺爺！你剛剛在那裡的大屏風後面做什麼？」

老先生有點驚訝，緩和緩和情緒，溫柔緩緩地說：「練字！練字！呃！練習寫大字。」

我和丈夫一齊摀住溫子的嘴：「妳怎麼可以對爺爺這麼沒禮貌呢？」

「沒關係！沒關係！不要緊！不要緊！童言無忌！童言無忌！」老先生尷尬地重複。他好像若有所思：「你們……請問，你們剛剛也在餐館裡面用餐？」

我說：「哦！對！我們剛到，準備點餐。只是小孩子好奇，對屏風後面探頭，探視了很多次。我覺得這曲橋的風景很不錯，走過看看。」

「那，你們看見？」

「看到老伯您在報紙上練字。」我思索，試探性地問：「老伯，您有教過書法嗎？」

老先生一聽頗高興：「有！呃！不！沒有教了，不教了。」老先生欲言又止。

「老伯……不！老師？您是賀老師吧？」我突然想碰觸一下老先生的手，猶豫了一下，又縮了回去。

我壓抑住激動的情緒：「老師！我是你的學生柳子靛啊！你還記得我嗎？我參加過您的紅葉書法班六年了啊！」

老先生皺著眉頭：「柳……是嗎？有點耳熟，可是，我想不起來……」

「每一季開一班的紅葉書法班，我從基礎班、進階班，一直到專業班，我連續參加六年了，有好幾次我被同班同學推舉為班長。當我到專業班的時候，老師還指定我擔任小老師，指導同學基礎運筆。當老師開設兒童少年書法班的時候，我和幾位同學還到兒童班、少年班指導學生基礎運筆。

老師！去年，你，呃！那個發生的時候，書法班才解散、結束。」

我猶豫：「老師，您去年不是已經……呃……那個……哎呀！該怎麼說呢？我和書法班同學們還參加過恭……」我看見丈夫食指靠在嘴唇比垂直手勢，我把將要說出的話又吞了回去。

「恭？」老先生似乎耳背。他好像迷糊了，似乎很難理解我到底要說什麼。

丈夫輕聲詢問：「老伯！您還記得去年的事嗎？」

老先生深呼吸，皺著眉頭：「去年……去年……呃？去年？想不起來。呃？想不起來。」

丈夫追問：「今天練書法大字之前的事情，想得起來嗎？早上做過什麼事呢？」

「喔！這個記得！起床之後，在床上吃稀飯，配著脆瓜、麵筋、花生。非常豐盛！然後，早餐之後，我下床走到庭院散步。」

「家裡的庭院嗎？」

「不，我家沒庭院，是這個庭院。」老先生往橋樑水池那邊望去。

「老伯！這裡不是你家嗎？」

老先生顯得驚慌失措：「是！喔！不是，這裡是，是，是朋友的家。喔！不是，這裡是我的家，我住的地方。」

我有點著急了：「老師！去年您七十九……不！八十大壽的時候，我們書法班同學還曾經去你家祝壽。你兒子媳婦、女兒女婿還接待我們呢！您突然沒有來班上，您女兒通知說，您、您的身體不、不舒服住院；一星期之後，你女兒通知班上同學說，老師您、您那個、那個了……呃！唉！該怎麼說才好呢！反正，所有曾經被您教過的學生，聽到這消息都嚇一跳！」

「抱歉！我老了！我完全聽不懂妳在說什麼。」

丈夫開口了：「老伯！對不起！我對內人的沒禮貌向您道歉！」

丈夫向老先生一鞠躬。老先生微微點點頭。

丈夫吞嚥了一下：「老伯！我是否可以向您請教：您還記得來這個地方幾個月了嗎？不用急，放輕鬆！想好了再說出來。」

老先生認真地思索著，緩慢地說：「嗯，我記得，那一天和兒子媳婦一起在大飯店的餐廳吃飯，大約吃幾道菜之後，我好像不舒服，感覺我兒子伸手抱住我。」他又陷入思索，慢慢才說：「之後的，就不記得了。當我醒來的時候，我已經躺在床上，我兒子和一個男服務生來看我，女服務生在床上擺上一張桌子，我在床上吃早餐。」

「老伯，您是**來度假**，每天早上起床都是這樣用餐？」

「對！我每天坐在床上吃飯，吃完飯，就下床走到庭院散步。」

「回到屋內之後呢？」

「呃？就想睡覺，然後就上樓上床睡覺。」

「還有做其他事情嗎？」

「其他？沒沒有。沒有了。」

「我可以冒昧請問一下嗎？」

「呃？可以，可以……」

「是誰扶您上床睡覺？應該說，是誰幫助您上床睡覺。」

「是服務生……喔！不！是我自己！我自己，我自己。」

我們夫妻倆對看一眼。

溫子擔心地問：「爺爺！你怎麼了？」

我幾乎和女兒同時：「老師！你怎麼了？」

老先生似乎更虛弱，我們三人趕緊攙扶住老先生。

老先生喘著氣：「謝謝妳！」

我和丈夫攙扶著老先生進屋子，我想起剛剛我們走進餐廳，準備要看菜單點餐的時候，丈夫先繞去洗手間。從洗手間出來，丈夫的眼神就一直環視整個餐廳，看見老先生從走廊走進包廂。溫子跟著老先生走到包廂，丈夫過去找溫子，兩人卻一起看著包廂。我起身走過去，用左手挽著丈夫的手，女兒站在我們身前。

我滿心好奇：「你們在看什麼啊？」

「看老先生寫字。」丈夫的眼光剛好看到老先生的左邊，很清楚看見老先生在運筆。

「他的字有點歪斜耶！」

「靛！你確定老先生他是妳的書法老師？」

「長相確定是！我在書法班六年了！絕對不會看錯！一定是！一定是！」

「寫大字的筆跡呢？」

「不是，確定不是！呃！不確定是……哎呀！真奇怪，完全不像老師的字。」

「老先生沒有來教書法的那一天，是發生什麼事？」

「車禍啊！我跟你說過了。」

◈

那一天，老師的二女兒站在書法班教室前面，一邊忍著眼淚哽咽，一邊宣布：「我父親昨天傍晚發生車禍，昨天我們子女已經叫救護車，把他送去醫院……」

同學七嘴八舌：「車禍……有傷到哪裡了嗎？」

「因為傷及右手前臂，現在住院中，等待開刀。」

「右前臂……那那、那老師不就……不能再教書法了？」

「不確定有沒有傷到手腕，要等醫生診斷之後才知道。我們今天書法班是自由練習，下星期的課是否繼續，請同學們等候通知。謝謝各位同學對家父書道的愛護與支持。」

老師的二女兒對著大家深深一鞠躬。

◈

我用左手搔丈夫的手心：「吶！老公，我看不出來老師的手臂有受過傷。可是，寫字怎麼……」

丈夫想了一下，輕聲說：「看起來，應該是在復健的階段。」

「車禍傷到手嗎？可是，他為什麼不在醫院的復健中心做復健？」

「妳不是曾經說老師他子女已經辦了那個了？」

「是這樣沒錯，所以我現在又變成不確定他是不是老師了……」

「就是因為不確定，所以我們要確認一下啊！不然，妳一直把疑惑懸在心頭也不是辦法。」

「對喔！」我把嘴唇湊近丈夫的耳朵耳語：「老公！那要怎麼確認啊？」

丈夫用手掌半遮住嘴，用小指摸鬍渣：「先從旁觀察，觀察老先生的習慣動作和老師是否一致。先不要看動手術的那一隻手，因為在復健之中，還無法運用自如，先觀察其他肢體部位的活動。」

「喔！」

我們沉默了一會兒。

丈夫戳我的手臂：「怎麼樣？握筆的右手之外，其他的姿勢、肢體活動，像老師嗎？」

「非常像！可是，看起來憂心匆匆，不像以前精神飽滿……」

「等等！他快支撐不住了！搬椅子！」

丈夫一個箭步衝過去攙扶住老先生，溫子迅速地拉出高背木椅，兩人一起攙扶著他，讓他慢慢地坐下來。我差一點尖叫！老先生喘著氣！他差一點又要癱軟跌倒了。

「老伯！您聽得見我說話嗎？」丈夫轉頭說：「溫子！給爺爺端一杯麥茶來！」

「好！」溫子拿起桌上倒放的空玻璃杯擦拭，接著把桌上的一壺溫熱的麥茶倒進玻璃杯中。

我接過玻璃杯：「老師！喝杯麥茶吧！」

「謝謝妳！柳子靛……」老先生微微張開眼。

「老師！你真的是賀老師！」我激動地流眼淚，伸手擦拭眼淚。

丈夫把他口袋中的面紙包遞給我。

「老伯！您住在這裡吧？」丈夫扶著老師，讓他輕輕坐下：「您需要上樓去休息一下嗎？」

「好……」

「要怎麼帶您上樓？」

「告訴櫃臺就可以。」

溫子立刻跑去櫃臺，過沒多久，經理立刻跟著溫子進包廂，後面跟著兩位服務生推著一張輪椅。老師他坐上輪椅之後，我們目送經理和兩位服務生送老師到走廊旁等電梯，丈夫、溫子和我回到我們的靠窗餐桌，餐廳已經出菜放在桌上了。

我整理一下情緒，依偎著丈夫：「老公！我問你喔！你覺得，老師為什麼出現在這裡？」

「這裡是大飯店，當然是住宿、用餐囉！」丈夫目不轉睛地看著空白菜單。

「我們不是一樣在這裡住宿、用餐……」

「唉呦！我不是這個意思啦！」

「娘子！請先等一下，幫我點飲料，我要先去洗手間，去去就回。」

「好啦！好啦！快去快回！」

老師為什麼看起來這麼沒精神？不如以前精神抖擻。為什麼呢？我很疑惑。我為什麼要害怕個性溫文儒雅，對每一位學生都很溫和的老師呢？自從我認識老師以來，老師的身體硬朗，走路穩健，下筆有力，一點老態也沒有。老師教學熱忱又這麼細心，個別指導運筆，十分受到我們這群學生的歡迎。如果不是這樣的熱忱，不可能一班接著一班開班、開課。算一算日子，老師今年寒露的時候就八十一歲了吧？現在才臘月，怎麼老師現在看起來這麼蒼老……

（四）賀官仲伯

我的年紀大了，卻像一個少年一般，對人生感到迷惘、感到徬徨。鶴子是我的生命之中最重要的人，少了她，我的人生就變得沒有意義了。

第一次對人生感到迷惘，是在十歲的時候，我終於知道親生父親賀官忠實在辛亥革命之中壯烈犧牲。母親郝氏一向用「父親到遠方去經商」的理由告訴我為什麼父親不在身邊：「如果沒有你爹爹努力地經商，單獨靠娘自己一人努力工作是養不起這個家的。」

我父親是大清朝廷駐防南京的「新軍」的一員，是南京新軍第九鎮的馬隊成員。新軍是「新建陸軍」的簡稱，它是大清朝廷在「甲午戰爭」之後，模仿日本和德國的軍事制度而設立的陸軍軍隊。第九鎮裡有不少同盟會的人，卅三標標統、管帶、隊官、教練官……等都祕密集會，在營區暗中散播保國衛民的思想。雖然後來有一群軍官被朝廷逼退，父親和很多士兵同袍卻繼續默默支持同盟會。

母親只想好好栽培我們這幾個孩子長大。哥哥姊姊和我的識字、算術、讀報紙的基礎能力都是母親一點一滴教出來的。我上小學的時候，我有功課不懂，我就問哥哥和姊姊，他們在教我的同時，母親也在旁邊聽，不知不覺之中，母親她也學了不少。母親重視教養，她以身教言教教導我們，讓我們知書達禮、懂得是非曲直。我考上泉州中學那一年，姊姊已經當上助產士，每天忙進忙出幫忙家計；哥哥在外公留下的木工廠當二師傅幫忙大舅舅，我家的家庭負擔減輕很多。

那時候，國內很流行去日本留學，母親說：「雖然日本曾經欺侮我們，但是知己知彼、百戰百勝確實是真理。當年很多革命義士都是留學日本和德國，別人的國家強盛，值得我們學習。」

在泉州中學讀書那幾年，我立志當醫生，向中國歷代良醫看齊，希望自己也能幫助貧苦的人脫離病苦。中學畢業那一年，我有機會去日本留學，我和母親商量之後，我毅然決然決定去日本東京「陸軍軍醫學校」留學。留學那幾年，讓我了解到日本社會各方面的進步，比衰弱的我國進步很多，我們留學求學的目的，希望自己的國家社會能持續不斷地進步。

從「陸軍軍醫學校」畢業的時候，我是士官候補生，被派任到京都「垣」師團擔任軍醫。在軍隊中，我注意到軍中疾病傳染的問題很嚴重，陸軍軍醫學校所學的專業知識根本不夠使用。因此，我向長官申請繼續到京都當地的京大專攻內科，研究防疫的專業，團長認為這是為國家和陸軍培養人才，准許我的申請。我以軍醫的身分在京大念醫科的時候，系上唯一的實驗室常常是我佔用最久的時間，不少同學學弟仿效我使用實驗室，大家一起做伴，各做各的實驗。後來一間實驗室實在不夠用，在大學系所擴建之後，各系增加了實驗室的數量，才使人擠人共用實驗室的現象減緩。

京大畢業之前，我被分配到京都衛戍病院實習，我向部隊申請排班，單數日由我和另一位軍醫在部隊醫務室服務，我在雙數日則在京都衛戍病院實習。在實習的時候，在京都衛戍病院跟我同一組的護士是中道鶴子，她指導我這位新人對病患打針、換藥、餵食，儘管我在部隊中已經有照護病患的經驗，中道鶴子她不論對我還是對患者都非常親切，十分特別。

中道鶴子她對病人的態度十分溫柔仔細，簡直是觀自在菩薩的慈悲智慧化身。慧黠的鶴子常常說：「醫生是醫王的話，護士、助產士就是大士。」

「真的嗎？我從來沒有想過。」我從來沒有從這個觀點想過，我只知道佛是人格偉大的聖人，菩薩是隨願力下凡的聖人，我從來沒有想過醫生、護士、助產士也可以有這麼偉大的情操。

畢業之後，我開始看診，心中常常迴盪著鶴子說過的話，我以此勉勵自己。同一時間，我的心裡也計畫著向鶴子求婚的事，可是，鶴子突然沒有來病院上班，我也打聽不到她的蹤影。

我急了！沒有鶴子的生活，我該怎麼辦？我好迷惘！

那幾個星期的班，我在診間沒有病患的時候，我都向診間護士說：「我出去廁所，馬上回來。」實際上我是在病院裡面到處繞，想試看看是否能遇到鶴子。鶴子到底到哪裡去了？我每天緊張地搓揉雙手在病院內四處探聽，就是沒有人知道中道鶴子的下落。我在上班前和下班後，在宿舍內都誠心祈求鶴子平安無事。遇到傳遞文件的士官，我也向他們探聽鶴子的消息，可是音訊全無。

沒想到，幾星期之後，鶴子回來上班了！她還溫柔地向我打招呼，我覺得我的臉好熱好熱。我的心中有一股衝動，想向鶴子求婚，卻不知道如何開口。沒想到，我的心事在當下就被鶴子看穿了。隔天，她在我還沒開口之前，就點頭答應和我結婚了。我好高興！

託鶴子的福氣，我和鶴子結婚當年，我升任軍醫中尉，在京都衛戍病院為軍人看診。「垣」「安」「祭」「嵐」「護京」「比叡」「山城」師團輪流駐守都在京都地區，我也排班到師團看診，並指導駐守部隊的軍醫士官、軍醫少尉。

昭和十二年十二月十三日的一則捷報新聞，斗大的標題：兩位陸軍少尉在南京競賽……

這一則新聞讓我感到極為震驚，這是重演三百年前清兵入山海關、重演八國聯軍、重演世界大戰，戰鬥勝利的軍隊到處殺人！

我把新聞內容描述給妻子聽：「鶴子！為什麼人類總是要挑起戰爭？」我很迷惘。

鶴子靜靜地看著我：「因為貪心啊！因為不知足啊！」

「在唐山，合久必分、分久必合的各朝代戰爭，都是君主昏庸，國家才會滅亡啊！現在的唐山支那政府昏庸嗎？」

「仲伯君！你啊！就是太天真了！柔能克剛，慈悲智慧能抵禦無明的障礙。相反的，無明障礙起，五毒燒山林。」

「啊？什麼意思啊？」

「記得啊！怎麼了？」

「我不是帶你去過比叡山延曆寺一起受在家居士的菩薩戒？」

「你忘了傳戒法師說的話啦？」

「我……他……鶴子！抱歉！我，忘得一乾二淨了……這個……和我的疑惑有什麼關係？」

「仲伯君！你就好好看診，細心聆聽病人病苦的時候的內心話，盡力治療病人。佛也不能改變別人，只能救度有緣的人。」

「我聽不懂……」

「那就參吧！等一下我要去參加護摩法會和聽經。」

我搔搔頭上的三分頭：「啊？喔！好。」戴上軍帽。

昭和十三年三月十二日早上，我照常早起準備去醫院，卻在路上看到比平常還要多的憲兵。憲兵們四處張望，看到年輕女子，就趨前靠近、伸手就抓，還厲聲恐嚇女子，說是在執法！

我感到很疑惑，一眼望去看到一位黑領章、沒有繫著憲兵臂章的憲兵，那一位是憲兵少尉排長吧！

我抓住他的手臂，嚴肅地問他：「你們憲兵在做什麼？」

「幹什麼？」憲兵排長暴怒。

突然間，他的表情驚愕：「報、報告長官！」

憲兵排長瞄一眼我的軍階，立刻立正敬禮：「我們在在、在招募新兵遠赴前線！」

我怒斥：「胡說！招募新兵怎麼是在路上亂抓少女和女人？」

我以嚴厲的眼光上下打量他：「憲兵的責任是什麼？」

「報告長官！維持軍紀！」

「維持軍紀包含亂抓少女和女人嗎？」

「報告長官！沒有包含！」

「她們違反軍紀了嗎？」

「報告長官！沒有違反！」

「她們是軍人嗎？」

「報告長官！不是！」

「這是誰下的命令，授權給你們抓無罪的平民百姓？」

「報告長官！沒有……」

我打斷他的話：「混帳！憲兵帶頭違法亂紀！我要報告你的上司！」

憲兵排長臉色鐵青，輕微顫抖，輕聲哀求：「長官！請別……」

我很納悶：奇怪？招募新兵為什麼要抓少女和年輕的女人去服兵役？她們有的未成年，有的很年輕，軍隊也不曾招募女兵，她們沒有經過軍事訓練，也不懂得如何打仗，難道是為了救護傷病的士兵嗎？報紙和廣播不是一直報導戰事告捷、順利嗎？如果需要護士和助產士，應該向訓練所招募才對啊！怎麼……

憲兵排長顫抖著手，伸手在公事包中拿出一份文件：「報告長官！命令書在這裡。」遞給我。

我不解地看著蓋著八個官印的文件：「軍隊都已經在海外了，也已經有隨軍隊出征的婦女了，為什麼還需要募集？」最高長官的官印是代理官蓋的。

憲兵排長以顫抖的聲音大聲回答：「報告長官！我們只是依照命令行事！其他的事情不清楚！」

這一帶的憲兵全部回頭看他，愣住了。

我怒吼：「你！叫現場所有憲兵集合！沒有我的命令，不准離開！」我把公文丟還給他。就這樣，憲兵排長吹哨子，集合他這一排的憲兵。如我所預料，現場的憲兵果然都是他帶隊的。剛剛被憲兵們抓住的眾多年輕女子，紛紛逃開。

中道太是鶴子的二弟，是小我三歲的軍醫少尉，他和我在同一個病院任職，鶴子和太的新婚妻子祥子是同事。我看到一位年輕憲兵抓著太的妻子祥子。

我厲聲指著那位憲兵：「你！放開她！」年輕憲兵嚇一跳立刻放手。

我命令：「過來！」

年輕憲兵走到我的面前立正，一臉驚恐。

我厲聲質問：「她是軍人嗎？」

年輕憲兵顫抖著腳：「報告長官！不是！」

「你知道她的身分嗎？」

「報告！不知道！」

「那麼，你憑什麼抓人？」

憲兵排長搶著回答：「報告長官！這是公文下達的命令！」

「閉嘴！我在問話，你插什麼嘴？」

這一排的憲兵雙腳都在顫抖，不是憲兵平常執法的兇悍模樣，讓我感覺很不對勁。前線到底發生什麼事情了？這裡到底發生什麼事情了？

我看到中道太走過來，臉色很難看，我示意他把祥子帶離開。

「你們給我站在這裡，好好罰站反省！兩小時之後才准許離開。」我下命令：「排長！」

「是！」

「現在對時。」憲兵排長和我一起舉起手腕看腕錶對時：「現在起，兩小時。你也一起罰站！」

「謝謝長官！」憲兵排長用顫抖聲大聲回答。

「謝謝長官！」憲兵們齊聲回答。

我悻悻然地離開他們，走進病院，逕自往中道太的診間走去。然而，我太天真了！我企圖利用我的軍階阻止一場不幸，可是阻止得了眼前，阻止不了全面。

我站在中道太的診間門口，一看到中道太就問：「太！祥子差一點就被憲兵強制帶走，你為什麼不反抗？」

「姊夫！我的軍階和憲兵排長一樣，我無法對抗！而且對方是憲兵耶！」中道太沮喪地快哭了：「我來病院上班的時候，很多護士也同時來上班。她們都穿著便服，還沒有換成護士服，要不是姊夫鎮住憲兵，我們有好幾個護士差一點被抓走。」

我陷入思考，喃喃：「這次是防衛大臣核准的命令書，明明寫著招募，為什麼憲兵在街上強拉女子？」我很疑惑。

「我也不知道啊！我感覺戰況好像很糟。新聞報紙、廣播一直重複著要嚴懲暴虐的支那。」

「嚴懲？支那犯錯嗎？支那的國民觸犯日本的法律嗎？日本的憲法、法律，關支那的國民什麼事？」

「我也不知道……」

「如果對方觸犯刑法罪，犯罪地又不是在日本的領土，應該由支那的警察或憲兵去負責。」

「姊夫！你說的我們這群基層軍官都瞭解，但是我和很多同事都被新聞搞糊塗了！」

我喃喃自語：「還是日本軍把支那當成日本的領土了？」

「……」

「太奇怪了！新聞媒體傳回來的都是捷報啊！怎麼會這樣？真是奇怪。日本軍到底發生什麼事了？」

「仲伯君！」鶴子安慰醫院裡剛剛受到驚嚇的護士之後，走過來找我：「你怎麼不在自己的診間？」鶴子挽我的手。「祥子她們沒事了，不用擔心。」鶴子溫柔地對中道太說。

我和鶴子信步回到我的診間。

「咦？怎麼少一份報紙？」鶴子看了一眼，疑惑：「你，拿走了嗎？」鶴子戳我的手。

「我沒有拿耶！我今天都還沒有閱讀報紙。」我感到很奇怪：「哪一份報紙不見了？」

「不確定耶！那兩次事件之後，新聞全部變了樣，陸陸續續有報紙停刊了。該不會那一份也停刊了？」

「哪兩次？」

鶴子用手掌摀住我的嘴，另一手手指比出五一五二二六。

鶴子在我耳邊耳語：「你剛剛跟太說過的話，不要再提了，現在國內完全沒有反對戰爭的聲浪，表示有問題。你再追問下去，大家都會掉腦袋！」

「喔！」我心頭一凜，點點頭。

我們才坐下來沒多久，就聽到敲門聲。

「報告！」在我的診間幫忙的上士軍醫看到我進門：「院長找你。」

我點頭：「好，知道了！謝謝您！」

我看著鶴子：「我去去就回。」

鶴子望著我微笑：「好！」

我走出診間，沿著走廊轉幾個彎，上三樓到院長室門口。

我輕輕敲門：「報告！」

「進來！」

中道泉院長是我念陸軍軍醫學校的時候的內科指導教授，個性十分穩重沈著，他也精通外科手術。尤其是胸腔手術極為精湛，是我的好榜樣。我畢業之後開始看診，他剛好被調到京都衛戍病院擔任院長。

我敲門。

「進來！」

我注意到院長室只有我們兩人，院長拄著拐杖，走到茶几旁，端起瓷杯喝茶。

「報告院長！」我向中道泉院長敬禮。

「賀官仲伯，我的好學生。「來！坐！」

我坐在中道泉院長指定的扶手椅子上，看到院長一直站著，我想站起來。

「我已經幫你請好兩小時的假，有重要事情向你宣布。」中道泉院長拍拍我的肩膀：「坐！坐著就好！」

中道泉院長坐到另一張扶手椅，手上捏著一疊小紙：「仲伯！你是哪一年考上我們陸軍軍醫學校？」

「報告院長！昭和四年。」

「那一年你剛滿十八歲？」中道泉院長一邊說一邊遞給我一張小紙。

「是的！院長！」

「你應該知・道・陸軍上下都很重視你，尤其軍醫體系。」

「報告院長！學生明白！」

中道泉院長比手勢，示意我看紙條。我把小紙放在手掌，伸到膝蓋以下仔細看：『昭和六年發生滿洲事變，滿洲已經完全被關東軍佔領；除了發動戰爭的關東軍和少數人，日本全國的軍人都被蒙在鼓裡，只知道戰勝告捷，日本國民更不知道始末。』

我感到十分震驚，我完全不知道。我現在才發現，我自己就像鶴子說的，我是一個只知道讀書的書呆子，世界上發生任何事情，我依然埋首在書本裡。

中道泉院長站起來走動，一邊緩慢地說：「你的工作表現非常好。」一邊把小紙鋪在小茶几上，走向辦公桌執筆疾書。

他伸手抽回剛剛傳遞給我的小紙，坐在扶手椅上，用身體擋住，點火燒掉小紙，投進小茶几上的白色瓷杯裡，斜蓋杯蓋。然後，遞給我另一張已經寫滿字的小紙。

我把小紙拿低低地讀：『昭和十二年七月發生盧溝橋事件，日軍進入盧溝橋與中華民國軍隊發生激烈戰鬥。十二月初，「垣」師團「明」師團，以及剛剛重新組建的「鏡」師團進駐唐山，在南京建立軍事基地，要嚴厲懲罰七月七日反抗日軍的支那[7]軍隊。』咦？怎麼和新聞報紙相反？是日軍入侵支那？我滿腦子疑惑，繼續讀：『國人都不知道正確消息，新聞報紙夾雜許多不可靠的消息。支那南京被攻陷，已經遭到屠城，天皇已經下令全面佔領支那。汝去年起寄出的家書已經被監視，汝上任之後的信件，吾已經處置。』

我很震驚也很納悶，我寄到泉州的家書，都是鶴子在處理的啊！而且我們部隊除了少數同袍之外，應該沒有人知道我來自泉州。自從我和鶴子結婚之後，國籍已經是日本，戶籍也在設在營區宿舍，這些資料必須是戶政人員才會知道的啊！難道是憲兵調查我的個人資料？還是監看我的書信？我從平常的書信，只看到哥哥嫂嫂一家照顧著母親，也知道他們的日常生活平安，我不知道泉州有戰爭發生。新聞媒體報導著〈國家總動員法〉全力支援前線，上頭的命令書也寫著全面配合前線的作戰。我不懂！為什麼要全面佔領？日本沒有中華民國的領土照樣能活下去啊！我不明白！

「仲伯？仲伯？賀官仲伯？」中道泉院長輕聲叫我。

我回神：「呃！是！院長！」端正坐姿。

中道泉院長淡定地問：「你對自己的崗位，有沒有太勞累或需要我提供人力支援？」

「報告院長！沒有！學生一向全力以赴，不敢枉費國家的栽培！」

「懂得保家衛國！果然是好軍人！」

中道泉院長抽回前一張小紙，遞給我下一張小紙：「伊下克上、箝制媒體，指揮憲兵監視任何人。要低調，保護好家……」中道泉院長的眼睛餘光撇向窗戶，立刻伸手抽回小紙燒掉。

我站起來望向窗戶，看見遠處至少三位便衣憲兵躲在樹幹後面往這裡看，手中還拿著望遠鏡。被我喝令罰站的憲兵排仍然站在那裡，顯然三位便衣憲兵不屬於那一排。

中道泉院長喝口茶水：「來！坐！因為國家派部隊往前線，太多軍醫都被派去跟隨部隊出征，我們的軍醫人力愈來愈吃緊。本院的少尉中尉軍醫調動頻繁，讓我很傷神。有你這樣的軍醫，一邊照顧本院病患，一邊到部隊照顧同袍，讓我十分感激。」

我想起鶴子所說的醫王大士的觀點，深深覺得不論我們要救護的那個人是誰，軍醫和護士、助產士應該以救人為使命，也許前線真的需要助產士幫忙當地婦女接生。

中道泉院長遞過來下一張小紙：「對憲兵和警察，要保持距離、低調。」接著一行潦草的字：「讓樓下的憲兵離開，別惹禍上身！」

我實在太天真了！太蠢了！我一點也不知道自己已經身處在危機之中！

不！不只是我，在戰火底下的人們全部都在危機之中！

日本國民和中華民國國民都生活在恐懼之中！

中道泉院長在我發呆的時候，抽回最後一張小紙燒掉，他拍拍我的肩膀：「陸軍司令以降的長官，都非常肯定你對國家的奉獻。我要調你到臺灣軍，那邊有兩家衛戍病院需要人力，希望你能帶領那邊的軍醫，將日本優良的醫療傳統發揚光大。謝謝你對國家的貢獻！少佐！」

中道泉院長遞給我人事令和肩章等東西。

我向中道泉院長敬禮！宣示。

當我心裡盤算著如何把剛剛的一排憲兵趕走，中道泉院長把瓷杯遞給我沖洗，接著離開辦公室了。

過沒多久，我從窗戶看見中道泉院長他站在憲兵排面前，整排憲兵都向他敬禮，然後由排長帶隊解散。從此之後，我在病院周圍再也沒有看見憲兵的蹤影。

昭和十三年五月一日，我以陸軍軍醫少佐的身分和鶴子來到臺灣，我在臺南州衛戍病院落腳，陸軍第二大隊提供一間專屬的診療室和實驗室給我使用。

我在日後才明白，中道泉院長幫我做的那幾件事是在保護我，以免單純的我被師團利用來害人，因為傳聞已經有不少**軍醫被強迫**研究發展細菌來參戰，害人無數，結果軍醫自己也因為防護不足，細菌感染而死。培養軍醫的速度，根本趕不上變化快速的戰情和病情。

我以陸軍軍醫少佐的身分到臺灣軍十分方便，不必經過層層檢查。我除了看診之外，還要帶領病院內的軍醫做臨床研究。從人類發明第一支疫苗到現在，仍然有太多疾病無解，醫生只能眼睜睜看著病人死去。例如：天狗熱，就是一種以蚊子傳播病毒的疾病，從立春開始到立冬，感染人數會在雨季颱風季出現最多，它現在仍然是無解的疾病。患者發病的時候，連續數天不斷地高燒、眼窩酸痛、全身骨頭痠痛。痠痛結束之後，接著全身長滿極癢的紅疹。如果沒有防蚊、滅蚊的措施，白線斑蚊叮咬之後，會一再傳染，根本毫無醫藥可以救治。令人頭痛！

才到臺南洲來沒多久，我收到一份研究生物細菌當武器的命令書，陸軍省參謀本部命令臺灣軍第二大隊提供給我任何實驗室和手術室，要我立刻進行細菌武器研究。我的內心十分抗拒，臺灣和日本一樣是多地震的地帶，萬一容器被地震震破，或是傾倒摔破、洩漏，帶菌的動物逃出豢養區柵欄，整個臺南洲會遭到快速傳染，人民百姓會有嚴重的死傷。

怎麼會有這種想要戰爭殺人想到發狂的命令？〈大東亞共榮圈〉有那麼重要嗎？這與大英帝國的〈日不落帝國〉想法有什麼區別？

生離死別是人生最痛苦的事情，戰爭使父母親失去兒女、兒女失去父母、丈夫失去妻子、妻子失去丈夫，全部都是人生非常痛苦的事情！

我痛恨戰爭！痛恨使人家破人亡的戰爭！

我這個醫生是做什麼用的？醫生是在救人的，軍醫的使命是救人！不是殺人！

真是令人心寒的一年，我為了保護家人、保護臺南洲的居民，我決定擱置這項命令，以忙於傳染病研究、治療傷兵，無暇研究細菌武器，永遠擱置這一道命令。

我想到昭和十二年的盧溝橋事件，日本軍與中國國民革命軍起衝突，各大報紙刊載：「支那革命軍攻擊抵抗日本軍，應該給予暴虐的支那革命軍嚴厲的懲罰。」

戰爭之中，到底是誰暴虐？

我真是笨蛋！笨到後知後覺！完全沒有想到這場戰爭即將引起第二次世界大戰，完全沒有想到地球即將會有多少生靈塗炭！地球，就一定要有殺人的戰爭嗎？

我很沮喪，早知道會如此，當年就不要到日本留學。

收到這一份命令書，我才驚覺，我的故鄉泉州即將有危險！

臺南州這裡完全感受不到戰爭的殺戮氣氛，雖然聽說山區有反抗活動，這裡的對外貿易仍然正常。有人能做貿易，就必須讀書識字。據說當時臺灣人民的教育普及程度超過七成，有機會讀書識字的人非常多，男女都必須就學，如果男女想學漢文也可另外學，但是教育普及的程度仍不如英國日本的全民教育。

我想把泉州的母親和哥哥姊姊全家接到臺南州來住，就近照顧，可惜，只有日本人的配偶和其直系親屬能入籍，所以只有我母親能來臺灣居住，哥哥姊姊不行。

「我和姊姊已經各自有家室，母親和我住在一起，一家人十分平安。」哥哥在信中要我不用掛念：「大時代在改變，沒有人有能力把它挽回，要安心照顧好自己的妻小。」

母親沒有來臺灣居住的意願，我寫了不少信件勸說，母親依然要我放心。

隨著戰事擴大，昭和十七年（西元一九四二年），臺灣和福建之間的聯繫突然之間完全中斷，我完全無法知道家鄉泉州的情況。一直至昭和廿年（西元一九四五年）日本人撤僑之後才繼續聯繫。

二戰最後那四年，臺灣變成日本政府首選的後勤補給基地，不論是糧食還是兵源，臺灣這裡，少年被誘拐徵兵，收成的農作物幾乎都被強制徵收，農民都無法溫飽。傳聞有公務員在清點已經收成的米糧的時候，私底下把幾袋米讓農民搬走，最後要搬上運輸船的時候，才發現有短少，但是清點記錄卻正常。州廳命令警察清查所有的公務員，要查出到底是誰幹的好事，但是一直查無實據。

聽鶴子說，缺乏米糧的民眾，還要冒險躲警察，趁著黑夜偷偷去黑市買鉅額的米，十分可憐。我很贊同人民也要有飯吃，我們自己吃得飽，也要顧及人民是否吃得飽，我反對強制徵收。但是戰爭之中，有太多無奈。那幾年我在病院為人看病，看盡生老病死，有不少人是營養不良而死，我企圖阻止這種不公平的現象，希望能給他們一點糧食。

可是鶴子卻說：「盡心盡力照顧病患是本份事，可是州廳不會同意你的觀點，你還是低調一點。」

我覺得很氣餒，我的能力對人民百姓毫無用處。鶴子要我專注在防疫上，儘量幫助病患和居民認識衛生保健。

在那四年之前，我很喜歡在假日停留在這個與京都相似的古老都市遊走，鶴子和我都覺得，臺南州這裡和京都肅殺的氣氛實在差別很大，所以我們對臺南州府城有很深的好感，想要多逛逛、多多了解。日子過了沒多久，廣播中開始鼓吹十七歲左右的少年從軍當學徒兵，並給予高薪養家活口。不少人相信了去開飛機和從軍，從此不再回來。少年或少女被拐騙到前線的消息一直沒有間斷過，我也開始擔心鶴子和子女的安全。

米國得到臺灣是日軍後勤支援這個情報，開始對臺灣軍台南州的軍事設施猛烈轟炸，空襲警報常常鳴響，市區內只要是疑似搬運貨物，米國飛機炸彈就炸。還好，臺南州衛戍病院的通道以迴廊式設計，人在底下走，飛行員在飛機上根本看不見，還以為是空屋。有這種設計的建築，讓我們病院幸運地躲過轟炸。

那幾年是臺灣人民和日本移民最艱辛艱苦的日子，我對貧民一概看病不收費，用自己的薪水墊。鶴子因為具備護士和助產士雙證書，薪水沒問題，也常常墊付接生費和戶籍登記費給付不出費用的窮苦人家。雖然這些義舉幫助不少窮人，卻也不能讓警察知道，不然病患和產婦家的男人會被警察嚴厲處罰。

我和鶴子因為看到貧窮又生病的苦，以及患者家屬的恐慌，我們租用一片周圍樹林茂密的荒廢土地做為臨時收容痲瘋病病患的癩病收容所，也收容因轟炸造成心理創傷而無依無靠的癲狂病患。底下的走廊也是採用迴廊式設計，讓上空看不見走廊的人群。還好那幾年的轟炸，沒有炸到收容所。

臺灣在日本治理時期沒有人敢當小偷，主要是因為日本警察的處罰手段非常嚴厲。我曾經看過疑似偷水果的人，被警察揍到鼻青眼腫，關在牢裡好幾天，甚至強迫充軍到南洋當軍伕。我曾經編幾項檢查的理由，指揮幾位醫師和護士到牢裡為傷者換藥，這也是祕密進行。

昭和廿年（西元一九四五年）我已經是軍醫大佐，擔任中佐的時候，指導病院醫療技術的大小事，已經全部落在我的肩膀上，更何況是現在。處暑的時候，聽到戰爭終於結束的廣播消息。

霜降末候的最後一天，中華民國政府宣布臺灣和澎湖群島回歸祖國領土。日本政府通知撤僑，在臺灣的日本人一律撤回日本。於是，日本在臺灣的僑民陸陸續續回日本去，只有像鶴子這樣具備大慈悲心、要照顧患者的護士繼續留下來，有的人逃避日本戰敗民不聊生的慘況而申請繼續留在臺灣。雖然中華民國政府決定對日本以德報怨，不求賠償，讓曾經是軸心國一份子的臺灣澎湖日後變成同盟國收復失土。可是，日本人也不可能被國民政府所接納，曾經為日本帝國服務的人瞬間變成兩邊不是人的棋盤棄子。

很多臺灣籍的日本兵、軍醫，全部無法跟著去日本，必須自立自強討生活。

我很疑惑，像我這樣的醫生要回歸到哪裡去？

民國卅八年（西元一九四九年）臺灣光復，表面看起來舉國歡騰，實際上卻是我生涯茫然的開始。

我問鶴子：「我們該怎麼辦？」

鶴子竟然淡定：「當然是繼續行醫濟世。」

「要在哪裡行醫？我不可能回到臺南衛戍病院了！」

「那就專心在收容所吧！」

我猶豫：「這……好吧！」

後續數十年的行醫生涯，讓我覺得不管在哪個國度都需要醫生，因為生病使人痛苦，貧病交迫更痛苦。第二次世界大戰戰後的臺灣，因為有內戰的紛擾，經濟的復甦不如日本快速，仍需要先進國家的糧食援助，醫療方面的進步仍然不足。尤其是是先進的醫療研究、新藥的開發，速度遠遠跟不上先進國家。戰爭啊！真的毀掉了太多人、太多人的人生了。

雖然現在有我們的六個孩子陪伴照顧我，可是，我每一次想到鶴子已經走了的事實就忍不住傷心。

孩子們總是這樣跟我說：「爸！你和媽媽幫助過很多病患，對社會貢獻很大啊！」讓我覺得很欣慰，孩子們懂事了。

他們的孝心讓我去除了迷惘。

韜二

（一）公孫子棋

我歪著頭，看了一眼牆上的掛鐘，還沒八點。我用右手托著頭，回憶爸爸平常常對我們說的話：

爸爸坐在餐桌一邊，我們三胞胎擠在其他三邊：「梓琴、子棋、梓書，你們平常呢，要多多觀察周遭的人事時地物，注意是否有不一樣的東西出現或消失。例如：如果同學生活遇到困難，那他沒有吃早餐、鞋子破舊或心情不快樂，沒有吃早餐就上學，鞋子沒有勤洗，心情不快樂，三樣都是家庭出現狀況。當然，有的低收入家庭很重視整潔，洗衣服勤快，重視小孩子的成長；貼心的孩子對父母陷入經濟生活困境很敏感，容易不快樂。要用心觀察了解同學家的衣服床被、吃飯飲食、睡床臥具、醫藥是否陷入困境，與其他同學相處是否快樂、是否心事重重。最好是和家境貧窮同學做朋友，物質的缺乏，不一定代表心靈的空虛。甘泉伯伯童年的時候，那時是全民均貧的年代，還要靠物資接濟才能活下去。我們是窮鄰居，他家窮、我家也窮、街訪鄰居也窮，我們都要務農、借米度日。如果有人家種稻米收割了，我們就把我家收成的水果、番薯和葉菜和對方交換。這樣交換來、交換去，爺爺奶奶竟然也能養大我們全家兄弟姊妹。第二次世界大戰爆發的時候，每天都有空襲警報，大家都在躲空襲。有一天，爺爺冒險騎單車三天，騎到到山上去巡視香蕉園。可惜收成不佳，爺爺就在三天騎單車回家的路程上，順便摘一些鮮豔的野菇回來煮成湯給我們吃，結果害我們全家老老小小，從曾祖父、曾祖母、爺爺、奶奶、伯伯、叔叔、姑姑和我，全部都拉肚子。那時候，我們根本不知道什麼是有毒植物。我們兄弟都是念國民學校，日語就是我們的母語，伯伯們的日語都講得比我好。我念小學一年級的時候，都一直在躲空襲。空襲警報響起的時候，全班同學就躲在桌子底下。」

「爸，聽說日本老師會訓練小孩子打赤膊，用濕毛巾擦背，一直擦到背部發熱？」公孫梓琴稍微舉起手掌。

「嗯，其實是用手擰乾濕毛巾，然後把毛巾拉到自己背後，一直擦、一直擦，擦到毛巾乾了，背部發熱，能強健肺部，增強免疫力。這是源自於日本佛教僧侶訓練小沙彌強健體魄的早操。」爸的眼珠往上左右瞧。

「那會很痛嗎？」我疑惑。

「不會啊！」

「那空襲會不會很可怕？還有時間強健體魄？」

「廢話！」公孫梓琴瞪著我。

「用力摀住耳朵，聽起來像非常響的鼓聲。健身是僧侶團體生活的一部分，沒什麼奇怪的。」

我想像摀住耳朵聽打雷聲，這樣子怎麼拉毛巾搓背？

「被空襲炸到的人不是立刻死亡就是幾乎重傷、性命垂危。」爸爸閉目皺眉頭：「戰爭讓太多人家破人亡，營業或農務常常停擺。為了躲空襲，損失十分慘重，加上糧食徵收，日子幾乎過不下去，傷害非常難以想象。」

「那，刻意挑起戰爭的人……」公孫梓書囁嚅。

「唉！他們只在乎權力，不會在乎人民百姓的生計。」

「那不就很可憐？還好戰爭結束了。」我們三胞胎異口同聲。

「嗯。」爸爸嘆氣：「西元一九四五年……應該還算昭和年間吧！靠著收音機或口耳相傳，街坊鄰居才知道戰爭已經結束。戰爭躲空襲讓我的學業中斷，戰後太多人無力繼續讀書。九月之後，全校的日本老師都回國了。西元一九四五年九月到一九四六年年底，那兩年不知道應該稱作昭和還是民國，全臺灣和澎湖幾乎是無政府狀態，老百姓真的是很可憐。一直到民國卅六年（西元一九四七年），我才復學，繼續就讀國民學校。」

「國民學校？」我提出疑問。

「就是現在的國民小學。」

「喔！」

「在第二次世界大戰最後四年，小偷、賭徒、頂撞警察的人被抓到，一律充軍到南洋當軍伕，不像戰爭開始之前只有鞭苔拷打等嚴刑峻法讓人民不敢犯罪。不過，臺灣戒嚴之後，氣氛也是肅殺：民國卅八年（西元一九四九年）開始戒嚴之後，因為兩岸關係緊張，政府和百姓都擔心再度發生戰爭，真是每天都活在緊張之中。一直到四年前，政府宣布解嚴，爺爺奶奶才漸漸放鬆心情。」

「戒嚴這麼可怕喔！」我的膝蓋緊張到有點顫抖。

「那時候，就算是街坊鄰居，**有大事也要低調進行**。」

公孫梓書看著爸：「爸，那時候是全民皆窮嗎？」晃著腦袋。

「任何戰後國家，都是從貧窮中奮鬥！」

「我們家是怎麼度過難關的啊？」

「民國卅六年（西元一九四七年）以前，當時果園的地主對待爺爺不薄，雖然是一年一租，收押金一成，水果收成的時候，依照收穫重量估價，繳三成的收穫量當租金，勤儉度日之下，我才得以復學繼續念書。不像稻農的地主把稻稈稻草的重量都算進收穫重量之內估價，稻農必須繳收穫量五成的收穫量當租金。」

「繳這麼多作物？這樣能賣多少錢？這樣微薄的收入怎麼養家糊口？」

「是啊！所以才會有很多稻農和他們家人都喝稀飯湯維生，收入如果給小孩子念書，就要忍著生病的痛苦不敢看醫生，因為要節儉度日。」

「天哪！好可憐！」我們又異口同聲。

「雖然是戒嚴時期，政府仍有好政策：三七五減租、公地放領、耕者有其田，這三大德政讓農民真正擁有屬於自己的農地。我們那『艱苦時代』的孩子，看著父母的辛苦，我們心中也很不忍，一心想要努力工作，祈求翻身。」

「嗯嗯！」我們一起點點頭。

「你們看，那位果園地主的善心，時時刻刻都在為別人著想，讓爺爺奶奶有多一點點的收入養家活口。因此，當我們有能力的時候，一定要多多幫助窮人。你們了解了嗎？不可以嫌貧愛富，知道嗎？」

我們一起點頭：「嗯！知道！」

這讓我聯想到何正箇家，他家歷代好像都是佃農，直到〈耕者有其田〉之後才不用吃力地繳交稻米租金，與身為地主女兒的荷仙家祖母結婚，他家也算是撐過辛苦日子的過來人。靠勤儉持家，漸漸有積蓄，終於能力把簡陋的竹屋改建成磚屋。我爺爺和爸爸如何從果農改為經營中藥房？聽說是爺爺年輕的時候，從果園載運水果回家的過程救了一位不小心跌入大水溝的老先生。老先生在感激爺爺之餘，找爺爺到他經營的中藥房學習，把辨認中藥及買賣的知識技術傳給爺爺。聽爸爸說，當時曾祖父和高祖父還為這一件事情高興好幾天，一直讚美爺爺：「救人一命，勝造七層浮屠。」

我只能從家中的黑白照片看到爺爺、曾祖父和高祖父，看著他們穿著整齊的唐裝，全家人合照；從爸爸媽媽爺爺奶奶的描述了解長輩經歷的辛苦。可是，何正箇他家好奇怪。在我念小學的印象中，他家祖父、曾祖父、高祖父、太祖父為什麼都還健在？為什麼他們還坐在高處常常向我微笑？好奇怪。

對了！

還有五分鐘才八點，今天是星期日，抄近路去一趟何正箇家！

「我們也要去！」公孫梓琴拍拍我的肩膀。

「走吧！」公孫梓書眨眨眼：「我向媽媽說了。」

我們抄近路奔跑到何正箇家，沿路的風吹拂著脖子，十分涼快。

「到了！才花三分鐘。爸他們還沒到。」

我看到何正箇站在大廳門邊，我們在前庭的大門口向他招手。

何正箇看到我們，也向我們招手：「走這邊，那邊被警察圍住了，任何人都不能踏進去。」

何正箇向大門口的警察說了幾句話，警察示意走旁邊。

何正箇帶我們走向客廳，站在客廳門口往內看，十坪大的空間算是很大的客廳了吧！與門口同一側的角落各有一個紅花門簾的拱門；客廳內側左右角落各另有藍白花紋門簾的拱門進出廚房和儲物間，何正箇和他兄弟的房間在右邊紅花門簾內第三間房間，也是最後一間。

因為大廳這一個門是唯一的對外出入口，我找何正箇的時候，必須掀開右邊紅花門簾穿過走廊，走廊一側是窗戶，經過兩間長輩的房間才到何正箇的房間。如果走過頭，哈！就會撞到帶窗的牆壁。

左邊紅花門簾穿過走廊是藏書房，在藏書房門口往左前方看是斗室。

何正箇家神明生日的時候，常常有客人帶著水果籃和經書來誦經，客廳這裡就四排，很擁擠。十坪，比孔子廟偏殿祭祀古聖先賢的空間還要小。

我往前向客廳內望去，坐在高處打坐的老人家，依然閉著眼，對著我們微笑，我總是以點頭微笑回禮。不知道怎麼了，我的臉總是覺得熱熱的。

「喂！公孫子棋！你幹嘛臉紅啊？」公孫梓琴盯著我瞧。

「呃！沒事、沒事！」我閃躲：「今天大概不是什麼大日子，沒有人來誦經。」

「你犯呆嗎？發生命案誰會來？」

何正箇拉我：「誦經時不是生日啦！是成道日。」

「成道日是什麼？」我不懂。

「有高尚品德、敬天地、持戒嚴謹、勤修行的人修成正果的日子！」

「像觀世音菩薩那樣子的聖人嗎？」

「類似啦！爺爺說是證得三禪。」

我從大廳看見爸爸和米斗實警官叔叔走進前庭的大門，門口的警察向他們敬禮。

我不是很懂：「是喔！」我看一下手錶，正好上午八點。米斗實叔叔和爸爸剛到，一起抬頭看到門眉上的匾額：韜光養晦濡荷風。

我們跑過去打招呼，想跟前跟後。

爸爸看到我們：「咦？你們在這裡做什麼？」

我害羞地向爸爸說：「來何正箇家看看！嘻！」

米斗實警官叔叔揮手拒絕：「這裡是命案現場，不能進來呦！」要我們離開。

「黃帶子圍在斗室那邊，庭院沒有圍起來……」

爸爸向米斗實叔叔解釋：「這裡是子棋他童年玩伴兼同學的家。」

我猛點頭。

米斗實叔叔看著遠處的斗室，微微地顫抖看著我：「所以……你不會害怕那個？」

我微笑搖頭。

爸爸拍拍我的肩膀：「子棋從小就認識他們一家人，怎麼可能會害怕？子棋，你們去陪一下同學吧！」

「我們想跟著看！等一下再去找何正箇。」我們三胞胎一起點點頭。

走進大門，前庭只有簡單整齊的短草皮，中間一條鋪著石子的小徑通往左側矮樹叢中央的兩坪斗室。米斗實警官叔叔向庭院封鎖線的守備的員警一一打招呼，帶領我爸爸走向斗室。這間斗室幾乎被一大堆紅磚磚頭給占滿，腳邊幾乎沒有地方可以站立。從挖開的紅磚痕跡來看，紅磚原本應該整整齊齊地堆疊在陶缸的周圍和上面，疊高成巨大的橢圓形半球狀，把陶缸包覆在裡面。橢圓形磚牆的周圍原本是個圓形，挖下來的紅磚被歪歪斜斜地往上丟。

爸爸蹲下來仔細觀察紅磚，指著填滿了灰色沙的縫隙：「這不是牡蠣殼粉、海砂、石灰、黏土、糯米漿、紅糖糖漿攪拌在一起的古城牆用水泥，也不像市售的水泥，而是目的只在防潮的填縫用的填土。」

爸爸看到一支小鏟子插在上面，他用小鏟子一鏟，就挖開紅磚：「如果發生地震，一定全部垮下來。急著挖開，卻只有一支鏟子？」

大橢圓形像是破殼被咬一口、露出蛋黃的熟雞蛋，已經被挖掉一半，被挖下來的紅磚都被丟到周圍，破的破、裂的裂，歪歪斜斜地亂堆一通，大陶缸位置就像是熟雞蛋中央的凝固蛋黃。整齊的紅磚牆和大陶缸之間堆滿木炭，有被小鏟子扒開的痕跡。

「兇手是急著挖開吧！木炭的目的應該是除濕除臭，前面一半的木炭也滑落一地。棉布手套的棉絮卡在木炭縫隙。紅磚牆這麼輕易被挖開，」爸爸指著亂堆的磚頭分析：「我推測原因是因為要讓開缸作業方便進行，所以不必用水泥之類的東西堆砌成堅固的牆壁。被挖開的磚牆，露出大陶缸的頂部和正面，大陶蓋已經被打開，陶蓋的碎片被四處亂丟，丟在地上和四周。大陶缸前面的地上斜臥著兩具屍體，斜臥的姿勢像是累癱了的「大」字。屍體的手指都黏著碎紙，雙手手掌虎口都有沾著塵土的痕跡和擦痕。塵土的顏色和大陶蓋相同，可見陶蓋被用力舉起，然後支撐不住滑落、破碎。破碎的大陶蓋的弧形頓邊也有補土、黏著封條，大陶缸缸緣也殘留被橫向撕開的封條。」

大陶缸內側坐著一位容貌慈祥的老人，臉頰非常瘦，上半身瘦巴巴成為皮包骨，薄棉布衣服衣領鎖骨、胸口肋骨的形狀貼著，布紋一清二楚。

爸爸說：「他是荷仙家第四代老人。」

爸爸往老人的後腦髮髻觀察，原本綁了髮髻的頭髮，卻因為繼續成長變長而髮髻往後鬆垮，垂在上背部頸椎的地方。爸爸再往老人的四肢觀察，老人乾癟的皮膚顯示入缸之前曾經擦拭乾淨過，雙腳盤腿打坐的姿勢和禪坐沒什麼不同。從外觀看得出纏繞紗布包裹著身體，紗布上面塗了一層泥狀物，泥狀物已經乾燥，有一點裂痕；臉部和肩頸的泥狀物已經脫落，只有少數幾塊殘留。

爸爸往缸底看，缸底鋪滿了細長木炭條、碎木炭、石灰，再擺著一塊厚蒲團，老人就坐在稻草編織的厚蒲團上面。厚蒲團看起來編織結實，圓邊側面還有小楷直行題字：「……不生不滅不垢不淨不增不減……」

現在大陶缸缸身已經破掉，爸爸和我們都聞到檀香味，大陶缸內飄散著濃濃的檀香味，我們不禁說：「好香喔！」令人心生歡喜。

爸爸拿著筆撥開蒲團周圍的木炭，底下是一包一包由牛皮紙裹成長方形的小包東西。爸爸拆開其中一包，摸一摸聞一聞：「這是已經吸濕變硬，沒有味道的香灰。」爸爸自言自語：「這麼窄的空間到底藏了什麼讓兇手覬覦？」

爸爸向屋主何風樹叔叔提問：「兩個人可以舉起這麼大的陶蓋嗎？」

何風樹叔叔回答：「可以。當初也是我和大兒子兩個人一起蓋上蓋子。」

「哪一年蓋上蓋子封缸？誰封的缸？」

「三年前，我父親邀請三位師父做法事封缸。」

「整齊堆砌磚頭要費多少力？」

「當初封缸的時候，是由一位有相關經驗的法師帶領三位水泥匠封缸、堆砌紅磚。為了能除濕，除濕用的器材由法師訂購，然後水泥匠一起鋪設。大陶缸的構造是三層，大概是底層鋪好，鋪上厚蒲團，再把已經穿上棉布衣服的老人金身放置好，仔細把泥狀物塗滿全身，再蓋上中間這一層缸身。最後鋪上木炭，蓋上大陶蓋。收尾的工作應該是填補大陶缸縫隙、貼封條，再疊上紅磚牆包覆。」

「請問，泥狀物、木炭、香灰都是為了除濕？」

「對，這些香灰吸走濕氣，讓金身脫水的時候不會發霉。」

「現在這樣算是沒有發霉嗎？」

「對。」

「何先生，這三層陶缸是為了方便移動金身嗎？」

「對。」

「嗯？昨晚巡視之前，陶蓋完全密封嗎？這紅磚塔有沒有被破壞？」

「磚塔外觀都沒有被破壞，一定完全密封。」

「昨晚是否看見陌生人到進出這裡？」

何風樹叔叔不假思索：「沒有，我和父親何武悟、母親何陳禎、妻子何古秀子、大兒子何正箇、二兒子何正教、三兒子何正武同住，沒有人認識這兩人。」

「完全沒見到陌生人進出？」

「我和家父、大兒子在昨晚十點之前巡視的時候，用手電筒照斗室數次，裡面根本沒有人，一切完好。」

爸爸一邊走向斗室：「死亡時間是什麼時候？」一邊問米斗實警官叔叔。

米斗實警官詢問翻閱筆記：「現場的法醫依照屍斑推斷，死亡時間大約零點到凌晨一點之間。」

何風樹叔叔不解：「昨晚十點我們全家人都已經入睡，怎麼會發生這種事？」

「破壞這紅磚塔，應該有很大的聲響。」爸爸向屋主提問：「何先生，您全家有人被吵醒嗎？」

「我們沒有聽到任何聲響。」全家人一齊搖頭。

米斗實警官低頭勤記筆記：「可是，看起來是摔破的。怎麼可能沒有聲音？」

爸爸喃喃自語：「斗室這麼窄，要開缸必須先費力清除紅磚和木炭，而且空間只能容納三至四個人，兩人抬起大陶蓋放地面，再合力抬起大陶缸的第二層缸身，最後把金身抬出大陶缸。」爸爸停頓一下，繼續問：「何先生，您家中，有任何東西遺失嗎？」

屋主何風樹邊想邊答：「沒有！家裡沒有遺失任何錢或物品。」

「奇怪了！歹徒到底是為什麼入侵住宅？不偷錢，不偷盜，卻殺人？」爸爸皺眉、搔鬢角：「米警官！這具金身有其他外傷嗎？」

米斗實警官叔叔報告：「初初初、初步檢查，沒有。」

「這兩位死者呢？有外傷嗎？」

「沒沒沒、沒有。」

爸爸指著兩具遺體的脖子：「這裡有橢圓黑痕跡和手掌痕；褲管、鞋底都沾著碎陶片……」

「法法、法醫說，橢圓黑痕跡和手掌痕可能是企圖掐死死者；小指邊的擦痕應該是斷氣後才垂下，血液沈澱呈現屍斑的方向，表示是坐臥著斷氣。」

「你看！」爸爸指著遺體捲起袖子的手臂：「全部都是紅磚的擦痕，缺少打鬥應該會留下的擦傷和抓傷。沒有打鬥，表示這兩人是自願來的，或是聽命行事，有人教唆他們做粗工以方便進行某件事……不！應該是某件計畫……紅磚這麼重，一開始能好好搬，之後嫌疑犯急了，命令他們用拋的……死者沒有外傷卻死亡，那麼傷就是在內臟了。」

「學學學、學長，你是說，毒毒毒、毒殺？」

「有可能，但是必須驗血解剖才能確定。他們身上有證件嗎？」

「完全沒有，連錢也沒有。」

「沒有錢？」

「證件和財務都被兇手扣押嗎？奇怪了？原因是什麼？目的是什麼？」

「學長！法醫要把死者的遺體載走了。」

「嗯，好。米警官，你的筆記借我看一下。」爸爸翻著筆記看：「斗室外面的地面鋪著小石子徑，矮叢外圍是草皮，韓國草嗎？庭院的小石子徑從大門延伸到大客廳，前三代的金身就供奉在大客廳中。後方是廚房；右方過去是儲藏室，再連右廂房；左邊是大書房。左邊外面是斗室，但是一定要從客廳或廚房後門出入才行……」

爸爸思索：「犯人是如何進來犯案殺人的？有辦法知道是否有人進出斗室嗎？」

米斗實警官叔叔搔著頭：「剛剛先到現場的警員，跟著何風樹先生看監視器錄影：零點一刻，斗室外的監視器上拍到兩個人進入斗室，卻沒有拍到第三人出入斗室。」

「所以是兩個人走進斗室，沒有人走出斗室？」

「對！」

「命案發生之後，到屋主家人發現屍體的時侯，這一段的時間，都沒有人再進出斗室？」

「對！」

「拍到人的前後時間，昨晚十點到今天早上，鏡頭有移動位置嗎？從監視器可以看得出來鏡頭視野的範圍是否移動。」

「確認過了，都沒有移動。」

「大門呢？我剛剛從大門走進來，看到門楣上方左右各裝一支監視攝影機，可以交叉攝影。」

「剛剛員警倒帶時，注意看大門的監視錄影，可是，昨晚十點至今天早上六點何夫人開門打掃門口為止，都沒見到任何人出入，只拍攝到大門口有樹葉紙屑到處飛。何夫人打掃完庭院經過矮叢，才發現大陶缸被破壞打開，走近一看才發現地上倒了兩個人。監視器有拍到何夫人靠近斗室的身影。」

「凶器或遺留物呢？」

「都沒有。」

「屍體特徵……嘴唇發紫，窒息而死嗎？」

「要進一步解剖才知道。」

「只有拍到進入斗室的人影，沒有離開的人影，稍早大門沒有人影。有其他出入口嗎？」

「沒有！」

「爬牆呢？」

「圍牆前後都沒有人行走的痕跡！也沒有架梯子或繩索之類工具的痕跡。」

「掌痕或足跡呢？」

「圍牆完全沒有人攀爬過的痕跡，前庭花圃草皮都沒有足跡，鋪設石子的小徑只有離開的足跡，斗室窗框有十幾個清晰的掌紋和指紋和地上的足跡。」

「主屋內的人都沒進出斗室……從昨晚到剛剛，監視器到底錄到什麼？」

米斗實警官叔叔翻著小筆記本：「主屋走廊的監視器在晚上九點五十五分，只拍攝到屋主指揮長子巡視，九點五十五分，斗室監視器拍到長子探視斗室。今天上午五點五十九分，走廊的監視器拍攝到何夫人通過走廊，六點整，換大門監視器拍到何夫人開門、在門口來回打掃，六點十三分，進入屋內，六點十五分，斗室監視器拍到何夫人慌張尖叫，六點十五分，走廊監視器拍到何夫人衝入屋內。兩分鐘之後，全家人衝出來，何夫人開大門等警察。六點廿五分，大門監視器拍到三位警察到現場，六點廿五分，斗室監視器拍到屋主、何夫人和三位警察在討論、講對講機。」

「其他時間，監視器有沒有拍攝到其他人出入？」

「沒有。」

「難、難道是他們是飄飛進來的？然後莫名其妙死在斗室？」

「……」

「所以，這兩位憑空出現的陌生人被殺害的時候，斗室沒有其他人出入，庭院也沒有任何人走動，隔著大門和斗室的門，相當於兩道牆，所以……這裡是雙‧重‧密‧室。」

「那、那那，這兩位被害人到底是人？還是鬼？」米斗實警官叔叔全身起雞皮疙瘩、頭皮發麻、牙齒打顫：「兇手到到到底是誰？」我們都看得出他在發抖。

爸爸來回檢視斗室外圍，完全沒有腳印；斗室入口鞋印看起來只有兩對。

爸爸走回斗室，與米斗實警官叔叔的眼光同時望向陶缸中乾瘦到皮貼骨的第四代老人。

爸爸看著陶缸內：「這是什麼？」第四代老人右後方的陰影中有一根像黑色棒狀小木炭的突起物，底部好像有閃光。

「什麼是什麼？」米斗實警官叔叔扶住顫抖的下巴。

「你的手帕給我。」

米斗實警官抖著手，遞上男用絲質手帕給爸爸。

爸爸用手帕撿起那根小木炭，隨著抽出木炭，底部卻出現反光的小長片鏡子。再繼續往上抽，出現反光的尖端。

米斗實警官叔叔抖著音：「學長，難難難難道，第第第、第四代殺、殺殺殺、殺人之後，把把把把、刀刀刀、刀子插在右、右右右後方？然然然然、然後，恢恢恢、恢復打打打、打坐坐坐姿姿姿勢勢？」米斗實警官聲音愈來愈沙啞，跌坐在地上。

「以這個角度，看起來確實像是坐著插刀子，藏在後面……」爸爸回頭，往地上看：「米、米警官？米斗實警官！你怎麼了？米警官？米斗實警官？」

爸爸立刻站起來，向其他警察舉手：「救護車！」

爸爸和我們去醫院看米斗實警官叔叔，還好只是暈眩，休息一下，補充補充水份就好了。在回到中藥房的路上，米斗實警官叔叔也跟著我們：「學長！這個案子，請你務必要給我提示方向啦！」

爸爸沉默不理他，拍拍我們的肩膀，對我們笑。爸爸拍拍米斗實警官叔叔的肩膀，要他放輕鬆。

我們回到家之後，我滿腦子在想著在何正箇家的事情，公孫梓琴向爸爸說：「爸，在斗室的時候，用鑷子指著陶片的割破的極細碎絲，我猜那大概是用毯子在地上鋪平，被破碎陶片割破的。讓大陶蓋掉落的時候不發出聲音吧！好幾個陶片邊緣都有碎布的絲。」

米斗實警官叔叔驚訝：「學長！你家的小偵探公孫梓琴！不得了！將來應該來當警察！」

「嗯！你是少見多怪吧？」我爸閉著眼睛，坐在搖椅上淡定。「那個，可能也是羊毛。我用鑷子夾一根起來看的時候，用手指搓了搓。很柔軟，那是羊毛衣上面的羊毛纖維，是L牌羊毛背心。」

公孫梓書柔靜柔靜地說：「我們也輪流伸手搓了一下。」

「不會吧？連公孫梓書也是偵探？」米斗實警官叔叔的嘴巴張得也太誇張。

爸爸不理他，依然瞇著眼睛淡定：「羊毛啊！那兩位死者身上也有喔！」

「真的嗎？在哪裡？」

「在死者的口鼻和臉上！人類呼吸的時候會吸進空氣中的游絲，也會吸進棉絮。」

「這表示什麼？學長？」

搖椅搖啊搖！還發出嘰嘰嘰嘰、嘰嘰嘰嘰。

春天還是這麼冷，我不禁打個哆嗦，我還穿著媽媽親手織的毛衣呢！怎麼還會冷到發抖？窗外冷風颯颯，狹窄的前庭院，種了一棵菩提樹，菩提樹的葉子也發出颯颯颯颯的聲音。菩提樹的葉子像我的蓬亂的捲髮，樹枝也該修剪修剪了。

「真正的犯人……」爸爸輕聲。

米斗實警官叔叔靠近：「真正的犯人怎麼樣？」

「這兩位死者的死因和犯人有關係。唉！可是仍然不知道犯罪動機。」爸爸沉默了一下子，緩緩地說：「腳印呢？」。

「腳、腳印？喔！啊！足跡還在辨識，要等春節之後才會有鑑定結果。」
「妳們倆呢？」
公孫梓琴、公孫梓書異口同聲：「我們有帶傻瓜 TWIN 去拍。按照爸爸的交代，我們把照片洗好囉！」
我覺得開心：「我們來看看！」
「呆子不要吵！」公孫梓琴擋在我前面。
「我要看！」我向公孫梓琴扮鬼臉。
爸爸那起照片排列：「我們從大門口看起。」
「爸！這裡都是垃圾嘛！」
「大門內側這是什麼？子棋？」
「一堆樹葉。」
「外側呢？」
「很乾淨，一點垃圾都沒有。」
「少了畚箕和垃圾桶、垃圾袋。」公孫梓書指著同樣是門口的照片，歪著頭，用食指戳臉頰：「垃圾在大門內側，所以掃地是由內掃到外？斗室那邊沒有打掃嗎？還是根本沒有經過？」
爸爸看著照片和庭院草圖：「斗室那邊的石子小徑已經被警察來來回回走過，看不出案發時的樣子。垃圾堆的樹葉中有矮樹叢的葉子，斗室是最後才掃的，所以才會發現死者。不過，平常就是最後才打掃斗室嗎？」
「嗯嗯！何正箇有說過。」我向爸爸說。

「學長！打掃順序和命案有關係嗎？」米斗實警官叔叔一邊瞇瞇眼盯著照片，一邊坐立難安。

爸爸篤定：「有啊！」

「為什麼？」我們和米斗實警官叔叔一起睜大眼睛。

「犯罪動機。」

「掃地和犯罪動機有關？我搞不懂啦！學長！求求你趕快解謎……」米斗實警官叔叔哀求：「我想趕快破案……」

「別給孩子們看這種樣子。」爸爸連看都不看一眼：「一樣一樣來。我在荷仙家垃圾袋撿到這個，應該沒有變形。」

「這是一張紙。學長！這張紙與命案有什麼關聯？」

「能造成這張紙現在的形狀的，到底是什麼東西？」

「啊？」

這張紙被揉成一團，爸爸戴手套用鑷子把它展開之後，看得出原來的樣子是頭尾往上翹有一道摺痕。

我猜：「這是用來墊東西？」

「這凹痕像手指壓的。」公孫梓琴拿著照片端詳。

「我和梓琴意見一樣。」公孫梓書擠著看照片。

爸爸若有所思，翻著這一疊照片看，一下子寫筆記，一下子畫地圖。拿刀片刮鉛筆心，刮下一堆黑色粉末，再拿新毛筆輕輕刷：「有一枚指紋。正反面都拍照。」

指紋很清晰，公孫梓琴拿起 TWIN 相機拍照。

爸爸好像想到什麼，低頭在桌上的日曆便條寫字，然後遞給我：「幫我到隔壁拿這一本舊書。」

「好。」我抽了便條紙就穿過拱門走到隔壁去找書。

我在三面牆壁排擺滿書的拉門式活動三層書架上尋找，推開每一層，由上而下尋找，都找不到這本書；低頭看桌子底下放的五箱尚未整理標價、放著收購進來的舊書的紙箱，也沒看到爸爸交代要找的書。

「奇怪了……」我喃喃自語：「這本教科書到底放在哪裡啊？」

往二樓的樓梯下空間也設計成大三角形的多層活動書架，書架底下裝了大推車用五英吋大輪子，這能很輕鬆就能把書架拉出來。我輕輕地拉出三個書架，把它們靠在另一邊的書架前。這種多層書架的設計好像很貴，爸爸卻自己畫設計圖、找熟識的木匠按圖施工，沒多久就完成。把舊書一一整理上去，發現十分充分利用空間，不會有小書佔用大格子的現象；要A4面積的大本書，只要拿下一層隔板。

「好煩啊！到底在哪裡？」

我終於在最裡面靠牆壁的第四個書架上的最上層，找到爸爸遞給我的紙條上面寫的書名。可是，書有上中下三冊，乾脆我全部都拿下來。

啊！好舊的書！這就是大學的教科書啊？好厚重啊！書的封面、封底、書脊是厚紙板鋪著絨布，書名是燙金內凹的，看起來好高級。我好奇地翻到尾頁偷看一下出版日期，才十五年前出版的書，現在就已經被翻得這麼破爛啦！

我把書架一一回歸原位之後，抱起書穿過拱門把書抱到中藥房：「爸爸！找到書了！總共三本。」

「這是什麼書啊？學長。」米斗實警官叔叔好奇。

我把書本平放在桌子上，我們伸長脖子，一起擠過去看書名：內外科醫學。

「好髒的書！呆子！拿抹布來擦乾淨啦！」公孫梓琴揮著空氣，命令我。

「諾！在這裡。」我拿起櫃檯下方洗乾淨的一塊新抹布。

「學長！你看這本書要幹嘛？」斗實警官叔叔不解。

「休閒，讓過度活動的大腦轉換、休息……」爸爸翻著翻著。

「真是悠閒！這麼生硬的教科書當休閒書？學長，你今天不作生意啦？」

「呵呵！剛剛談的，拿回去派出所調查吧！其他的，不急。」

「啊？學長又在賣關子！」

「不是，有些線索不明朗，我需要靜心。」

（二）甘泉

今天，是我出院，第一天回到崗位上班的日子。在我住院的這一段期間，發生不少事件，命案、竊盜案都發生了。

「所長中彈了！請求支援……」這是我倒下去的時候，聽到的最後一句話。

那一天，我在醫院甦醒之後，看到派出所同仁來探望我。

「真是千鈞一髮！還好我及時側身抱住倒下的所長，要不然，所長的後腦可能直接撞擊地面而受傷。」林泛舟警官來探病的時候，向我描述。

對於那一天，我中彈之前看到的那個人，好眼熟。

我依然不懂，我思考：那個男人到底是誰？悠閒地坐在駕駛座那裡，等著我望向他，然後不急不徐地朝我開槍射擊。

我認識他嗎？他的五官和小動作像極了我認識的公孫堂主人：公孫善苑學弟。

可是，卻有說不出所以然的奇怪地方。他的某部分又不像公孫善苑，尤其是那個看著我的眼神、擦後照鏡的動作。

由於我們私交甚篤，派出所裡有警官常常找他泡茶，讓我十分介意。我從小就認識公孫善苑，他因為第二次世界大戰中斷學業一兩年，復學之後，他比應屆收進來的同班同學長兩歲。像他那樣因為戰爭而中斷學業的學生不少；因為家境貧困，戰爭結束之後沒有復學繼續讀書的人比比皆是，造成普遍基礎科學知識缺乏的現象。他是小我兩屆的學弟，高中時同校，他喜歡推理幾乎到瘋狂的程度。他家裡開中藥房，而且是一個會祈福禳災的禳士。公孫善苑不認為貧窮是家庭不振的主因。

我認為：「慈禧太后迷信扶鸞，國家大事事事都要問扶鸞來做決策以致誤國，這是不爭的事實啊！這也難怪外國人要欺侮我們！」

「學長的意思是？」公孫善苑閉目坐在木椅上。

「國家積弱不振是慈禧太后昏庸的錯！」

「雖然我曾經很欣羨像『珍．瑪波小姐』的作者阿莎加．克莉絲蒂女士那樣：能在那時代普遍地接受國民教育，甚至人人能免費讀書讀到大學。普及的國民教育能使人民具備豐富的知識、國家富強。但是，我們自己也要有認知，要自立自強。」

「瞞著自己的國民入侵他國，是誰的問題？吃苦、被剝削的是自己的國民和他國的人民百姓啊！所以，公孫學弟，清朝被推翻是應該的。」

「推倒之後，百廢待舉，就必須看上面的良知作為。儒家主張有機會從政，就要推行德政、勤政愛民；道家主張清淨無為的小而美政策普及民間是最好的；佛家主張仁王必定遵守十善，推行十善教導百姓從十善之中利益自己和他人。」

「所以你也是認同我啊！」

「不！學長只了解一半！」公孫善苑搖手指否定我。

「怎麼說？」我不解。

「菩薩當從五明中學，人民百姓必須能自立自強，推出賢能才行。五明是民間各種知識技術，必須靠人一代傳一代，讓社會更好。國民做這些事情並不是為上面做事，而是為同樣身為人民的你我謀福。當人民的知識技術越強，各行各業就越強，就像地震擠壓便形成山峰的地形。基礎知識越豐富，可以將技術推更高，顯現出來的成果就更強大。」

公孫善苑念高中一年級就嶄露頭角，以過度成熟的人格和推理能力令人驚訝，他幫忙學校老師找到不少遺失物。那時候，我們彼此是窮鄰居，在那樣悲苦的年代，我們都立志讀書、脫離貧窮。只是改朝換代總是有受害的百姓，走不出陰影的人，會恨加害人一輩子。

公孫善苑常說：「一般人吶！如果沒有聖人引導或自我醒悟，恨意是帶一輩子啊！」

「那必須像佛陀一樣的慈悲和智慧才能解套吧吧！」我嘆氣：「可惜佛已經不在了。」

「不！就算佛不在人間，聖人也能辦得到，因為聖人的心中沒有『諍』；菩薩以上的聖人更實踐六度。我們父母輩的長輩，有的會教育子女學習看人事物的光明面。」

「這境界有點難……」

我訝異：「真的嗎？」

「不！未來能做到的人，會愈來愈多越。」

在我的心目中的公孫善苑雖然還沒達到無諍，已經是很不錯的善人了。

我納悶：這樣的人，會對我開槍射擊嗎？

我無法說服吳犬楷檢察官。

吳犬楷檢察官下令調查公孫善苑：「就算他有不在場證明，一定有什麼證據能證明他有罪。」

幾個月之前，林泛舟警官來探望我的時候，第一句話劈頭懊悔：「所長！我完全被識破了！」

「怎麼說？」那時候，我坐臥在病床上。

「我在公孫堂中藥房跟監的時候，我向大門望去，門口階梯直立了一張摺成三角形的紙。我拿著望遠鏡想看仔細，上面寫著：跟監的林泛舟警官，請進！我嚇一跳，用望遠鏡再看一眼，三角形轉到另一面：我的我，所長不曾是。當我疑惑的時候，三角形轉到下一面：誤以為，以為悟，五證物。我更疑惑了，瞇一下眼睛，從望遠鏡看到一隻招財貓在招手。當我抬頭的時候，公孫先生已經站在我身邊。我嚇一大跳。」

公孫善苑看著林泛舟警官：「拜託，警察先生，跟監的時候要低調，不要因為一張紙而失神。」

「我……」林泛舟警官支支吾吾。

「哦！來來來！我來向您介紹一下，轉紙張的孩子是我的女兒。」公孫善苑招手：「來吧！進來泡茶！坐！請坐！」。

「我……」

「您不是正在調查甘泉所長被槍擊的事件？有什麼發現？毫無所獲！對吧？」

「所長！公孫先生竟然料事如神，連偵查毫無進展也知道！」林泛舟警官表情讚嘆。

「呵呵！連你也稱他『先生』，他一定提供了有用的情報給警方。」我閉目想像。

「所長，你怎麼知道？他真的提供我們線索。」

「他的個性就是如此！說吧！他提供什麼線索？」

「第一、他在所長遭到槍擊的半小時內，趕到大北門，向周邊商家詢問目擊的狀況，商家對嫌疑犯的描述與所長目擊的相同。奇怪的事情是，我和同仁在槍擊案之後詢問過那附近的商家，卻沒有人說公孫先生來過，也沒有人指認嫌疑犯是公孫先生。」

「你們是拿著公孫學弟的照片去詢問的吧？這當然問不到！公孫學弟的線索還有什麼特殊之處？」

「就是，」林泛舟警官呑嚥了一下：「嫌疑犯的舉止就像所長所描述，左右手使用習慣與公孫先生完全不同。可是，現場同仁目擊到的，確實是同一人啊！」

「那就是有所不同囉！還有呢？」

「第二、」林泛舟警官低頭看筆記：「我們向公孫先生要求按捺指紋，他很大方就答應了。經過比對，指紋資料庫早就有公孫先生的資料，他卻沒有任何犯罪紀錄。吳檢座咬定他一定有犯罪，要我們追查。」

「公孫學弟他提供的證據是？」

「一把槍，我們經過彈道比對，這把槍就是槍擊所長的槍枝。可是……」

「完全沒有公孫善苑的指紋？」

「對。」

「那是他擦掉指紋囉？」

「不是，最上層的指紋沒有被擦掉，這槍枝是走私的，擊發沒幾次，彈夾少了一顆子彈。槍枝經過保養之後，只有一個人的指紋。」

「那一個人的指紋，不存在於資料庫？」
「不存在。」
「那，檢座的懷疑是？」
「副所長說：『檢座知道這個結果之後，氣炸了！』強調：深入偵辦。」
「公孫學弟怎麼說？」
「他說：『槍手嫌疑犯是左撇子。』可是，目擊的同仁說槍手用右手食指扣扳機，指紋證實也是如此。」
「為什麼？觀察角度不同？」
「周邊商家向公孫善苑先生說，嫌疑犯下車用左手拿抹布擦擋風玻璃，有商家騎樓新裝設的監視器隱隱約約拍到兇手扣扳機的畫面。鑑識組依照我事後向商家拿到的監視錄影帶，從錄影畫面中也是這樣判斷。」
「所以，怎麼還了公孫學弟清白？」
「因為畫面拍到兇手以左手拿筆在右手掌寫字，用左手摸下巴思索，用左手摸眉毛。」
「呵呵！還有其他證據嗎？」
「有，第三、同仁在案發時記住車牌號碼和車型，經過調查，車牌和別的汽車對調過，不是同仁看到的A牌汽車，而是F牌貨車車牌。追查貨車，那一位迷糊司機，自己的貨車被調換車牌竟然不知道，他竟然是以駕駛座上擋風玻璃的擺設來認車。」
「貨車車牌上的指紋？」
「與槍枝上的指紋一致。」

「那輛轎車……」

「找到了。在新化的一家私人汽車維修廠裡面。車牌不知去向，偵訊老闆，老闆完全沒有嫌疑。但是，他描述來修車的客人，和公孫善苑先生的照片一致。我們拖回汽車，調查汽車內外，全部毫無公孫善苑先生的指紋，只有嫌疑犯和十枚陌生人的指紋。這十幾枚指紋，都不存在於指紋資料庫。」

「公孫學弟有提供其他的線索嗎？」

「有，他提供一支監視錄影帶，錄影帶畫面中嫌疑犯走進一家公司大門，進公司沒多久又走出來。我們依照公孫善苑先生提供的線索，去那一家公司查訪，了解到嫌疑犯是去暴力討債的。該公司沒有人認識嫌疑犯，嫌疑犯為何來討債，張姓負責人也一頭霧水。」

「暴力討債？不是收保護費嗎？」

「不是。張姓負責人說，嫌疑犯一進門就大聲嚷嚷：『敢作保，就要敢負責！張堡壘！出面還債！』」

「嫌疑犯有攜帶槍械嗎？」

「現場員工沒有人看到嫌疑犯帶槍械進門，只看到他大剌剌走進董事長辦公室。只有一下子，嫌疑犯就跑出來了，張姓負責人從辦公室追出來的時候，現場員工也沒有人看到任何槍械。他們很明確表示，嫌疑犯是空手進來，空手出去。從監視錄影的畫面看，嫌疑犯確實也是空手。」

「奇怪？目前仍然沒有嫌疑犯的下落？」

「沒有。」

我疑問：「公孫學弟總共提供幾條線索？」

「五條。」

「第四條線索是什麼？」

「頭髮。嫌疑犯的頭髮遺留在一頂假髮內的網套上，假髮遺落在張姓負責人的辦公室內，張姓負責人把它裝在大夾鏈袋內，委託公孫善苑先生交給警方。鑑識組在網套內找到的頭髮，它的ＤＮＡ與嫌疑犯遺留在汽車內的皮膚ＤＮＡ符合。而且假髮的形狀和槍擊所長當時所戴的樣式一致。」

「這是嫌疑犯戴在頭上的啊！」我看著照片：「咦？怎麼這麼小一頂？這有辦法遮住全部頭皮？」

「公孫善苑先生說，這是用來遮住鬼剃頭的。」

「所以，嫌疑犯逃走時，所有員工都看見嫌疑犯的禿髮？」

「對，依照描述，禿的地方是左後方和右側，嫌疑犯離開的時候，監視器鏡頭拍到了。」

「依照這個特徵，有追到嫌疑犯嗎？」

「沒有，嫌疑犯徹底失蹤了。」

「新化的修車廠老闆怎麼說？」

「他說：『那個人戴著帽子，不確定他有沒有禿頭。』」

「嗯？等一下，汽車送修的時間是嫌疑犯暴力討債之前？還是之後？如果是嫌疑犯犯案之後，還特地開車到新化修車……想躲避警方查緝。」

「所長，我們也是這樣判斷，是之後。」

「開往新化的沿路有監視器拍到嗎？」

「目前只有車流量大的路口有監視器，鄉下道路幾乎沒有監視器，府城市區的重要路口監視攝影錄影畫面很模糊，正在比對。」

「可惡！線索斷了！啊！對了！公孫學弟提到的第五條線索是什麼？」

「診所、醫院，因為嫌疑犯的手似乎受傷，可能會去診所或醫院就醫。」

「我們曾經以嫌疑犯的各項特徵到市內所有醫院和診所查訪，都沒有這樣的患者去就醫。」

「難道他是自行包紮？」

「有可能。所長，奇怪的事情是，詢問各個目擊者，沒有人看到嫌疑犯有受傷或包紮的狀況。檢座懷疑公孫善苑先生故意誤導警方辦案，下令繼續跟監公孫先生。」

「唉！公孫堂到底在幹什麼。」

嫌疑犯到底是誰？那個奇怪的人是誰？他認識我嗎？我是派出所所長，轄區內的居民認識我是正常的事。啊喔！難道，他是我轄區的居民?!

可是，他為什麼要襲擊我？

槍擊發生那一天，我們獲得線報說：「舊市場漁販廖輔鈞，以及兵仔市場菜販高之止，兩人躲藏在大北門附近的公寓。」我們才前往那邊追緝。

他到底是誰？他為什麼知道我在那裡？難道線報洩漏了？如果洩漏了，我們怎麼能抓到廖輔鈞和高之止？所以他的真正目標是我？

在我不在派出所裡的這三個月，時間真是漫長。根據醫生的解釋，我中彈當時，我剛好仰頭，子彈從左側鼻孔射入，彈頭卡在蝶竇。如果子彈射穿顱骨進入腦室，我在那當下就已經沒命了。

卡在蝶竇的彈頭，醫生用鼻腔內視鏡手術把它取下。麻煩的事情是，蝶竇非常容易潮濕，必須隨時保持乾燥以免發霉。一旦發霉，蝶竇就會發炎，發炎的蝶竇會引起劇烈頭痛。我在那手術完成住院的期間，蝶竇發霉數次，都讓我的頭痛到似乎要裂開。還引發呼吸心跳加快、盜汗、惡夢連連。

吳犬楷檢察官和局長下令追緝攻擊我的兇手，可惜到現在一直毫無線索。

剛剛看卷宗，發現我三個月之前逮捕的高之止和廖輔鈞，他們沒有販賣毒品，因為已經多次吸食毒品，已經強制送進勒戒所勒戒；又因為毒品和吸食毒品的器具都不是他們兩人提供的，那群青少年經過查證是第七次吸食，同樣送進勒戒所。我還以為他們兩個人會老老實實地工作，沒想到他們被引誘吸毒，還差一點就販毒。啊！難道提供毒品的那個人就是攻擊我的那個人？

「所長？所長！」林泛舟警官在我眼前揮手。

「喔！抱歉！我想事情想到入神。」我向林泛舟警官示意。

「有什麼事嗎？」

「今天早上發生命案，地點在荷仙家。」

「荷仙家？」

「請所長看一下卷宗。」

我拿著林泛舟警官遞給我的卷宗翻閱：「這命案的被害人是高之止和廖輔鈞！」震驚！

「對！一位是安平港碼頭市場漁工，廖輔鈞；另一位是兵市場菜販，高之止，兩人都有竊盜前科。這兩位都是我們在前幾個月所追緝的竊盜犯。接應他們的人還對所長開槍，讓所長中彈住院。」

「什麼？他們兩人，今天都死了。兇手到底是誰？」

「還不知道。不過，我們請屋主把三個月內的監視錄影帶交給我們鑑識組分析。我們在命案現場看到一個人，很像是攻擊所長的嫌疑犯。鑑識組已經拍下那個人的照片，目前也積極地和錄影畫面做比對，希望能找到關聯性。」

「那個人是誰？」

「照片在卷宗之中，請所長看一下。」

我翻了翻荷仙家命案卷宗，看其中所有的照片，我看到好幾張槍擊我的人的身影。這讓我覺得很震驚！怎麼會是公孫善苑？不可能！我相信公孫善苑不會犯罪。但是，照片這一個人，眼耳口鼻像極了公孫善苑學弟，讓人很難相信不是他本人。

公孫善苑怎麼可能舉槍殺我？

不可能！不可能！

絕對不可能！

林泛舟警官看著我，輕輕推我的手臂：「所長？所長！目前證據還不明確，我們先去確認他的不在場證明吧！」

「呃！也對！」

「所長，您要休息一下？」

「不！我已經休息足夠了。」

「所長！廖輔鈞有機械工程的背景，過去專門偷鐵工廠或木工廠的金屬鍊條吊鉤，把它們變賣；高之止職業多變化，做過臨時的焊接鐵工、水泥工、拆廠房……等各種臨時工，喜好竊盜人煙稀少、無人管理的小寺廟神像金牌變賣，土地公廟的金牌被偷最多次。所長！難道這一次，他們闖入荷仙家是想偷大陶缸中的那個金身變賣？」

「金身？那．個．不值錢吧？嗯？也不一定。他們的死因是？」

「法醫說，兩人的都是**心臟衰竭**死亡，從外觀來看，似乎是有人掐住脖子而窒息，兩位被害人的脖子都有清晰的黑指印，而且黑指印是屬於同一個人左手大拇指。」

我端詳卷宗的照片和檢驗紀錄：「用力掐被害人的脖子，脖子這一邊應該會有瘀青的痕跡，實際上卻沒有。這點，光從單側的照片觀察，看不出異狀。黑指印的墨跡也很奇怪，分析墨水的結果，它是市售的書法黑墨水，參雜辦公室用藍色印泥墨水。可是，皮膚下卻沒有手指往下壓的瘀青痕跡，所以死因不是窒息。」

「所長！這好像是……」

「好像是兇手故意沾墨水，輕輕按在被害人脖子上？」

「對！」

「指紋的主人是誰？」

「不知道，不存在於罪犯資料庫之中。死者口腔黏膜和鼻腔黏膜確實沾到東西，正在化驗是是沾到什麼。我們調閱他們的就醫病歷，也沒有聽說他們有心臟方面的疾病……是中毒引起的嗎？」

我翻著卷宗自言自語：「他們的血液和內臟都沒有中毒的跡象，單純是自然停止心跳。」我沈思了一下：「命案現場的鞋印呢？」

林泛舟警官拿出庭院平面示意圖：「目前採證到三種鞋印，其中一種是屋主的長子何正箇的鞋印，畫綠色的，白色是女屋主的；紅色和黃色是被害人廖輔鈞和高之止的鞋印。」

「嗯！嗯？這個鞋印走很多次，為什麼？」我用手指指著綠色的鞋印。

「長子何正箇今天早上巡視庭院和斗室。」

「咦？屋主何風樹不是一起巡視嗎？」

「屋主何風樹先生只是站在大廳門口口頭提醒兒子何正箇巡視，自己一直坐在門口搖椅乘涼。」

「鞋印沒有慌亂，顯示那時候還沒有人入侵家宅。」

我繼續翻著卷宗：「照片這幾頁是廖輔鈞，那幾頁是高之止。」

「所長……」

「大陶蓋的碎片檢查的如何？」

「陶蓋的碎片有榔頭敲過的痕跡，可是上面沒有任何布的纖維。所長請看這裡，這幾張照片，死者的口鼻和臉部有細細的纖維。」

「這些纖維都是羊毛……」我檢驗報告喃喃：「等等！」急著翻頁找剛剛看到的照片，讓我看到讓我頭皮發麻的事：「學弟的照片，」我的額頭都是汗珠：「也是穿著羊毛背心！這……」

「所長，吳犬楷檢察官在命案現場和公孫善苑先生擦身而過，檢察官順手刮到他毛衣上的纖維，也送去鑑識組比對了。結果已經比對出來，在卷宗之中。」

「我看看，死者臉部和嫌疑犯毛衣的羊毛纖維都來自L牌同一款式的羊毛衣，前者是橘色，後者是綠色。」我的汗珠滴落到卷宗：「吳犬楷檢座認為荷仙家一案嫌疑犯是公孫善苑……」

「吳檢座認為，嫌疑犯殺人之後回到檢警都在場的犯罪現場已經夠大膽了，嫌疑犯竟然換了一件毛衣以為可以蒙騙檢警、干涉警方辦案。」

我深呼吸，企圖讓自己冷靜，兇手到底是用什麼方法讓死者心臟衰竭停止心跳，然後嫁禍給學弟？

「吳檢座認為是公孫善苑殺的？」我看著林泛舟警官，心想吳犬楷檢察官不會放過公孫學弟了。

林泛舟警官點頭：「吳檢座認為他殺的可能性很高，也認為案情不單純，已經下令深入追查。」

我下決定：好！我也要深入調查，證明公孫學弟的清白！

現在是下午三點。

「叩叩叩！」

「進來！」我回應。

林泛舟警官伸手把紅色卷宗送進來，遞給我。

我翻閱紅色卷宗批閱，咬著牙：「這是逮捕令，地點竟然是學弟家公孫堂……逮捕公孫善苑……」

我向林泛舟警官揮手：「我去。」

現在是下午三點三分。

米斗實警官在派出所外面，騎警用摩托車待命，等我坐車。

米斗實警官回憶這次在荷仙家命案現場：

一位穿深黑色西裝、打著黃底紅花紋領帶的男子靠近。

米斗實警官看見這男子：「吳檢座！」向男子敬禮。

男子是吳犬楷檢察官，檢座回禮揮手致意：「採證完，把我剛剛指定的證物讓鑑識組帶回去。」

「是！」

吳犬楷檢察官看著公孫善苑，問身旁的米斗實警官：「他是誰？」

米斗實警官：「報告吳檢座，他是公孫先生，所長推薦，讓他一起看現場。所長說：『公孫先生對於很多詭異的奇案有獨到的見解，他的智慧能幫助我們破案。』」

吳犬楷檢察官上下打量公孫善苑，沉默一會兒，面向米斗實警官：「我已經看過遺體，其他的交給你。」

「是！」

「你的筆記本，等一下收班之後也交給鑑識組，你的口袋還有新的筆記本吧？拿新的來用。」

「有！是！」

下午三點十五分。

延平老街這一帶路窄，載我從安平觀音亭旁巷子進入，騎到公孫堂。他在公孫堂外面待命。到達公孫堂中藥房，我進門去找公孫善苑。

我不等他反應，劈頭就說：「抱歉公孫學弟，米斗實警官的筆記本和封住大陶缸的封條都驗出你的指紋。」

公孫善苑微笑：「學長，你少講了一樣，死者口鼻的羊毛棉絮也和我的毛衣上的棉絮產地一致。」

我皺眉頭：「你早就知道了？」

公孫善苑微笑。

「你……」

公孫善苑淡定地微笑：「學長，被害人脖子上的指紋也是我的嗎？」

我嚴肅地回應：「不！不是你的，指紋的身分不明。」

我的眉頭用力皺，雙手握拳握到輕微顫抖。

「公孫老弟！你！你果然事先就知道我們會來找你了。」我想不通眼前這傢伙到底在幹嘛！一副淡定的樣子，真是令人生氣。

「別生氣，我們還有很多謎團還沒有解開哪！」

我壓抑住情緒低吼：「吳犬楷檢座認定就是你犯的罪！」

「甲乙兩人有相似的特徵，找不到嫌疑犯甲，可以認定成是乙的所作所為？結論下太早了吧！學長？」

「怎麼證明是兩人？」我壓抑住憤怒，指著公孫善苑的鼻子：「我被槍擊的時候，你人在哪裡？你是不是坐在轎車上？」

「哦！那時候啊！我騎摩托車在公園路送貨，聽到像鞭炮聲的槍聲，正好看到一名警官倒下去。我看到一輛轎車揚長而去，我趕過去看，才知道是學長你中彈。」

「所以你立刻向附近商家詢問線索？」

「當然，趁記憶猶新的時候採訪，目擊者的印象最深刻。」

「那槍枝是哪裡來的？為什麼在你手上？」
「撿到的，當然立刻交給警方。」
「在哪裡撿到的？」
「附近。」
「監視錄影帶呢？」
「當然是我採訪的商家提供的，警民合作、提供線索，這是好國民的行為。」
「假髮呢？」
「一樣啊！」
「嫌疑犯的手受傷呢？」
「偶然之下看到的。」
「啊？嫌疑犯都已經逃走，你怎麼看得到他受傷？」我的拳頭骨頭開始喀喀響：「難道你站在旁邊？」
「咦？料事如神喔！學長！」
「我聽你在放屁！」我激動大罵：「是不是你槍擊我？是不是？是不是？你為什麼要槍擊我!!!」
「學長，證據證明不是我幹的啊！」
「我知道！少廢話！別頂嘴！我在生氣！」我壓抑住怒氣：「那今天的命案呢？哼啊！你為什麼在現場？」
咚！

我用力握拳捶桌子，聲響大到連在外面等待的米斗實警官都往這裡查看。
「不是你要我去命案現場的嗎？」公孫善苑看著我。
「呃？」我氣消了：「對，我們已經習慣找你……」
「你……」我放鬆拳頭：「唉！抱歉！學弟！請跟我們走吧！」
公孫善苑回首叫公孫子棋。
公孫子棋應聲跑過來點點頭。
公孫善苑準備坐上警用摩托車的時候，公孫子棋跑向我：「甘泉伯伯，你的口袋髒了。」
我拍一拍衣服：「喔！對！謝謝你，子棋。」
公孫善苑環顧四周，看著時鐘：「學長！時間還足夠，我想用走的，可以嗎？反正離派出所不遠，到那邊再坐警車去向檢察官報到。子棋！你們陪我走一段吧！」
公孫子棋點點頭，跑去樓上叫姊姊和妹妹。
公孫善苑和我一起走到門口。
我看看手錶，還有充裕的一大段時間：「米斗實，你先回派出所等我們，我和林泛舟警官一起押嫌疑犯走回去，然後再一起去法院。」
米斗實警官答：「是！所長！」
我們一起走路，走在安平第一街的方陣裡。走出方陣，向著守平安派出所的方向走去。
「不好意思，公孫學弟。」我深吸一口氣：「我收到新的人事令，從今天起，我兼任兩個派出所的所長，等那邊找到新人報到，我就會一直在古堡派出所。」
「府城繞一圈，又回到故里。學長為什麼不去警察局？不是有機會升遷嗎？」

「跟你在一起辦怪案子比較有趣，不必一直坐辦公室。」
「所長大人真是怪胎，周遊東西南北各區派出所也開心。」
「不開心，但是可以動動腦。這一個案子，八成也是怪案子。光是現場的怪指紋……」
公孫善苑問：「學長！」
「嗯？」我從沈思中回神。
「你是在想，我的指紋為什麼會出現在斗室對吧？」
「是……沒錯。這就是我想不通的地方。窗框和封條都是你的指紋，而且還不少！」
「那證明我曾經到過那裡，不證明我犯罪吧？」
「那證明你有嫌疑！連監視錄影帶都有像你的影像！檢察官懷疑那就是你！」我快被公孫善苑氣死了！
他竟然這麼淡定！如果不是我了解他的推理能力與人格，我也會認為他是犯人。
公孫善苑沉默半晌，突然開口：「學長，其實，我去過荷仙家幾次。」
「什麼！」我額頭的神經在抽動。
「第一次，是第四代開壙撿骨的日子，我應荷仙家主人之邀，陪黃蘗庵三位法師到壙場，他們主持法事，我幫忙撐傘，撐了一個早上。第二次，是第四代撿骨、封缸的日子，我陪同黃蘗庵三位法師去荷仙家主持法事，我是應荷仙家主人之邀觀禮，法事的最後地點就是斗室，我的任務只有端盤子盛工具、拿封條給法師們使用。」
「我怎麼不曾聽你提過？」
「學長，我又不是你兒子，每次陪寺院法師們去主持法事，都要向您報告？」

「這……這倒是不用。今天早上我特地交代米斗實跟著你！」

「就算我和你家的鑑識人員戴一樣的手套，他們也沒看見我摸現場的東西，對不對？」

「話說沒錯，等等……那？那現場，你的指紋不就是三年前留下的？」

「是啊！你們鑑識組從死者身上採集到的指紋是兇手留下的，包含被害人脖子上的黑指印，都是今天凌晨犯罪時才碰觸留下的。」

「什麼?!」

「學長，你手上的鑑識報告還沒提到這一點？」

「公孫學弟啊！你這樣說，吳犬楷檢座會更懷疑是你犯下的！」

「你今天來押我，不就是你們已經認定我是嫌疑犯？」

「是檢座認定的，不是我！」我推責任給吳犬楷檢察官。

「那兩個拇指印……是誤導辦案用的。」

「我知道……」

「兇手是左撇子。」

「你怎麼知道？」

「而且是匆匆留下，角度太高，一看就知道是嫌疑犯單腳跪著在死者身上按指印，鞋印和死者的鞋印相同。你的表情和肢體語言說，鑑識組的報告漏掉了。」

「你怎麼知道是左撇子？」

「因為拇指印在死者的脖子左邊，反方向沒地方站立。」

「是故意用左手留下的吧？」

「兇手趕著離開，沒時間思考。」

「為什麼？」

「因為聲音，死者倒下產生的巨大撞擊聲，而且兇手不知道這一家人已經吃安眠藥沉睡不醒。」

「原來如此，印痕不是死者生前留下的？」

「人活著會呼吸、會吞嚥、脖子會掙扎移動，指痕一滑就不會這麼清晰。生前要清晰，就要用力掐。死後的軀體不會動，就像粘土一般，輕輕一碰，容易留下印痕。難道你們在死者脖子皮下驗出瘀青？」

我搖頭。

我和公孫善苑一家四口一起走到了匾額下，黑底金字的匾額，讓人感到沈穩、寧靜。

公孫善苑往前庭裡面看：「封鎖線還沒拆掉啊？」指著匾額：「學長！你看！左邊和右邊沒有對稱哪！」

我的火氣漸漸消：「沒錯！匾額有點歪。」我認同。

「大門監視器，除了上午的員警之外，還有錄到有關歹徒什麼的嗎？」

「啊！除了你之外，一個歹徒也沒有拍到。」

荷仙家大門下有一片狗門被往外推，鑽出一隻可愛的棕色小狗。

「沒有錄到？奇怪了……」

「學長，我們可以進門再巡視一次嗎？」

「可以啊！走吧！」

（三）柳子靛

今天早上，窗外還沒天亮，我運動完畢，望著時鐘發呆，時針指著「六」，分針指著「一」。

我丈夫公孫善苑無聲無息地坐在我身旁望著我：「小靛！妳的表情一直訴說著：為什麼？為什麼？為什麼？」

我瞪著丈夫：「嚇死人！你不會出一點聲音嗎？」

「我拉椅子的時候有發出聲音耶！妳聽！」

喀！喀！喀！

丈夫故意拖拉木椅製造噪音。

「才怪！你又不會拖拉椅子。你一向是把椅子抬高才拉出來。沒教養的人才會拖著椅腳拉椅子！」

丈夫反坐在高背椅上，雙手撐在椅背上緣成A字，食指交叉、手背頂著下巴。

「妳這麼早起是要幹嘛？嗯？」丈夫撫著鬍渣、眼神望著我：「小靛！前陣子我們出門去滿漢全席餐廳吃飯，一回來就看妳天天心神不寧，妳在想書法班老師的事情喔？」

「嗯！」我準備好泡茶茶具，開始燒一壺水。

「怎麼了？」

「我從他的動作以及長相，很確定是老師本人，可是老態卻不像老師。」

「八十幾了，一定會有退化，如果缺乏養生或保健，退化會更快。」

「你的意思是，老師因為某種原因退化？」

「他去年不是出車禍嗎？這對老人來說，是重大影響。」

我抱腿坐在客廳的木椅上：「為什麼出車禍呢？」

「交通意外吧！」

「小麓！視網膜退化，視力變差，視野改變；膝關節軟骨磨損造成活動力不佳，腿部肌肉老化，控制平衡的神經老化；失智，短期記憶力喪失，注意力不連續，日常生活的注意力範圍變窄……等等，都會影響到生活啊！」

「是嗎？老公，老師難道不是什麼原因造成這些退化？」

「神經系統退化沒有外在因素吧？卻可以透過治療改善。」

我身體坐直：「不對哪！」

「哪裡不對？」

「你曾經教我：『日常生活的平順突然改變，除了生理因素，心理因素和環境因素也必須納入考慮，甚至要考慮因果因素。』」

「妳還記得啊！呵呵！厲害！」

「賀老師在出車禍之前，生理、心理、環境三個因素都很單純，平常的保健、保養，老師一樣都沒有少。車禍這一項突如其來的意外，應該歸類成因果因素。」

「嗯嗯！孺子可教也！」

「但是，我很疑惑：因果因素只有車禍這一項嗎？」

「欸！不知道！不明朗！不確定！」

「為啥？你不是公孫神探？」

「我是人，不是神。而且與賀老師有關的線索太少。」

「那就去訪查啊！」

「我不知道他住哪裡，人家有隱私權，又沒有發生刑事案件，無法調查啦！」

「你不是有警察朋友嗎？」

「小靛，妳想查什麼？」

「老師是否失蹤。」

「那要家屬報案才行吧？況且妳們全班同學都參加過賀老師的公祭，不就證明書法班賀老師已經往生了？」

「對啊！」我顧不得形象搔頭：「不對啊！那、那出現在『滿漢全席餐廳』的老人是誰？」

「可能是長相相似的人吧！」

「那他喊出我的名字這件事是怎麼回事？難道，隨便一個老人都能知道我的名字？」

丈夫眉頭深鎖苦思：「嗯？難道……這是……死人復活？」

「咦咦咦？」我差一點從椅子上跳起來。

我全身起雞皮疙瘩……

「老、老公……」

「不知道！線索太少！」丈夫站起來來回踱步：「小靛，妳的書法老師……退休之前是什麼職業？」

「老師，書法老師。」

「啊？教一輩子書法？」

「應該是吧！」

「他家人的職業呢？」

「只知道有家庭主婦、老師、律師、出版商……等等之類的。很一般、很正常的職業。」

「老師、老伯他不曾提過他本行是什麼樣的職業嗎？」

「書法老師。」

「一般人字寫得漂亮，擔任書法老師沒有問題。專職擔任書法老師……」

「有什麼問題嗎？」我把滾燙的開水倒入洗茶過的茶壺：「老公，你在懷疑什麼？」

「小靛，妳遇見這位賀老師的時候，他已經七十好幾了吧？」

「是啊！」

「六十五歲以上已經是老人，六十五歲之前……」丈夫的手指在刮下巴的細鬍渣。

「老公，你的意思是，教書法有年齡的分野？」

「不是這個意思……」

「那你指的，到底是什麼意思？」我一邊沏茶一邊問。

「死人復活是什麼意思……搞不懂……」丈夫又陷入沈思。

我端起桌上剛剛泡好的茶，遞給丈夫：「老公！」

「怎麼了？」丈夫回神，一邊喝茶一邊看著我。

「老師他……看起來怪怪的，神情十分落寞！他是不是遇到什麼打擊？」

「怎麼說？」

「因為老師出意外沒有來教書法的前一陣子，我不記得多久，還是前幾星期，就聽同班同學說，秀子家有警察找上門。大家謠傳是秀子**吸毒**，想偷家中的神像去賣，結果被她老公發現阻止。警察上門調查秀子是否吸毒販毒，她婆婆向警察告狀秀子想偷竊金身。那一天書法課，我看到她莫名其妙地一直冒汗，我才注意到她眼眶有黑眼圈。我才趕緊要你去幫她求福禳災。」

「老師看起來失意的事情，和何古秀子有什麼關係？」

「秀子是師母的姪女。警察懷疑她吸毒販毒的事情，一定會影響到老師和師母的心情。」

「原來如此！如果家人親戚的感情好的話，這種事情確實會影響到彼此的心情。」丈夫停頓了一下：「可是，妳不是說師母已經往生？」

「對啊！十幾年前就往生了。但是，姻親之間總是會關心吧？畢竟聽老師說，師母的原生家庭感情很緊密。」

「所以妳想關心老師？也關心妳的手帕交？」

「嗯嗯！不過，自從警察懷疑秀子吸毒販毒之後，我已經去過她家好幾次，她的面容愈來愈憔悴。她去年還曾經因為要九歲么兒去買東西，結果因為少三元而偷竊被巡邏的警察捉到，她在守平安派出所罵么兒大鬧，甘泉所長差一點把她移送。都是我太大意，何古秀子的個性原本是溫柔婉約，我沒有注意到她性情突然變成暴躁可能是生病或吸食毒品。求福禳災那一天，我陪秀子去驗血，結果證實她血液中有毒品的陽性反應。我實在不知道該怎麼辦。老公！請你幫我救救秀子好不好？」

「嗯……」

「她為什麼會染上毒癮？」

「我也不知道。」

「她從什麼時候出現毒癮的精神恍惚狀況？」

「我不知道。嗯……」我陷入思考：「我記得，去年秋季上書法課的時候，我無意之間看到穿透明七分袖的秀子的手臂上有像打過針的黑點和瘀青。我只覺得她氣色不好，我問她手臂上那黑點瘀青是什麼，她都推說沒事沒事。」

「嗯……」

「過了幾個月，我發現她的黑眼圈愈來愈深，眼窩漸漸凹陷，她也漸漸地缺課，愈缺愈多堂。我直覺有問題，常常去看她，她卻一直推說沒事，後來就避不見面。我還發現一件奇怪的事情：秀子最近感冒，她老公陪她去醫院，我剛好也因為感冒去醫院。我在候診室候診的時候，站起來逛衛教海報，在牆壁上的醫師簡介看到一張缺照片的簡介，醫師的名字竟然和書法老師一樣！老公！會不會是同名同姓啊？」

「有可能。你不是說妳的書法班老師教一輩子書法？」

「對啊！」

「嗯……」

「老公！你在想什麼？」

「那是哪一科？」

「什麼哪一科？」

「你剛剛說和老師同名同姓的醫師簡介，那是哪一科？」
「好像是家醫科？又好像不是……哎呀！我不確定啦！」
「那診間牌子是哪一科？」
「我看的是耳鼻喉科，一個超大的候診室，周圍的診間有小兒科、耳鼻喉科、家醫科、骨科、腦神經科、外科、眼科、婦科……等等，從頭到腳的科目一應俱全。」
「那位醫師還有在醫院看診嗎？」
「嗯？應該有吧！」
「下次去掛號，看看醫師的長相不就知道了。」
「有！我去掛過了，是一位有年紀的醫師。」
「不是書法老師？」
「不是，長得一點都不像。」
「妳不知道看了哪一科？」
「我沒有記憶……」我羞澀地對丈夫吐舌頭。
「男的？女的？」
「男的。」

咚！

我聽見遠處中藥房裡有東西撞桌子的大聲響，這下子讓我從思緒中回神。我從廚房跑過去，望一下古玩古書坊的時鐘：下午三點十六分。

「甘泉所長？」我很驚訝：「外子到底做了什麼事，讓您這麼生氣？」

甘泉所長看見我，只有點頭致意，繼續瞪著我丈夫，擺著臉孔不說話。

甘泉所長和我丈夫是結拜的兄弟，過去很少看到他們鬧僵。今天是怎麼了？甘泉所長竟然對他大發雷霆……

難道是三個月前的槍擊案？

這三個月，我那怪怪老公一次也沒有去醫院看過甘泉所長。

我責怪丈夫：「無情！」

丈夫卻只嚷嚷：「一定要查個水落石出，還甘泉兄清白。」

「甘泉學長又沒有犯罪！你在說什麼反話？你是害怕被警方懷疑槍擊甘泉學長嗎？」

「當然不是！我還提供五條線索給警察耶！」

「警察查不到兇手，卻把過錯推到你頭上，你為什麼不反駁？」

「有啊！我提供的證據已經證明我無罪。我連被跟監都知道哩！」

「你有這麼厲害？就要趕快協助警方破案！」

「兇手下落不明怎麼破案？」

「他們不是認定兇手就是你？」

「如果認定我犯罪，怎麼沒有來抓我？」

「證據不夠吧！」

「說對囉！學長被槍擊的時候，我不在現場。」

「可是那時候你在附近哪！」

「算是我帶衰！遇到學長被槍擊……」

「還好他沒死，不然我們家爸爸就要去坐牢了！」

「有這麼嚴重嗎？」

「這還不嚴重？」

「你到底查到什麼能還你自己清白？」

「兇手、嫌疑犯，人間蒸發……」

「這樣你就清白？」

「兇手比我蒼白，比我年輕，比我瘦，髮型整齊、抹過髮油，穿黑白細直條紋襯衫，脖子和手腕都戴著黃金粗鍊子。」

「啊？什麼啊？一個完全沒看過的人，你能知道這些？」

「因為我當時訪問街上的目擊者的時候，他們盯著我看，比手畫腳講出這些特徵。我當時並沒有這樣的裝扮。我把兇手外觀證據提供警察，他們事後向目擊者查證，證明我不是兇手。」

「然後呢？」

「然後我不必被羈押，我不必坐牢。他們警察還一直向我鞠躬道歉，希望我能提供更多線索給他們。」

丈夫看著天花板自言自語：「學長！很無奈！沒有更新的線索了！」

三胞胎出現在我眼前，拉著我退到拱門。

公孫子棋擔心：「難道爸爸犯罪了嗎？」
「才不是！甘泉伯伯是氣爸爸幫倒忙。」公孫梓琴成熟地回答。
公孫梓書跟著點點頭。
「你們老爸做事這麼謹慎，怎麼會幫倒忙？」我安慰他們。
三胞胎一起點點頭又聳肩搖搖頭，我也認同。
我突然想到一件事：「你們上午跑去荷仙家？」
三胞胎一起點點頭。
「有看到秀子阿姨嗎？」
「有。」公孫梓琴點頭。
「她看起來的狀況如何？」
「氣色很差，眼窩有點凹陷，精神恍惚，沒有元氣。」公孫梓書憂愁。
我也憂愁了，何古秀子怎麼變成這樣？「奇怪？我記得你爸說，毒品如果是融入水中喝下去，人會昏迷，毒物會經由肝臟新陳代謝分解掉。」我喃喃自語：「怎麼秀子阿姨的狀況一點也不像你爸形容的樣子？」
「媽，爸曾經說，毒品如果經過靜脈注射，毒物會直接影響身體，就無法經由肝臟新陳代謝分解掉了。」公孫梓書分析。
「可是，她有去就醫啊！而且還是你爸說服何家老奶奶，讓她放下對媳婦的成見，答應讓秀子阿姨就醫。我看見秀子她的手臂有針孔，難、難道她注射毒針？」
「不確定耶！大概吧！爸說過，如果常常打針在同一位置，針孔周圍皮膚會變厚，時間一久，皮膚會很像隆起的小山丘凹一個洞穴。毒癮發作症狀就會像秀子阿姨那樣。我們學校老師在防毒宣導的時候，講到眼窩凹陷，我班上梵蒂岡交換生舉手說：『我看過教會戒毒所的居民，他們的眼窩凹陷得可厲害了。』」

「哦！對了！他復原得如何了？」

「恢復得非常好！」公孫梓書比手畫腳：「拆掉繃帶袖子之後，看得出來和原來有一點不一樣，手術的傷口已經痊癒了！」

「真的？」

公孫梓琴和公孫子棋一起點點頭。

公孫梓琴補充：「他還謝謝大家和大家的媽媽輪流去照顧他。」公孫子棋又點點頭。

遠處傳來丈夫的呼喚。

「爸爸在叫我。」公孫子棋跑過去中藥房。

沒多久，他又跑回來：「爸爸叫我們陪他走一走。」

「爸爸在叫我們了！」公孫子棋指著前面。

「嗯！你們去吧！我在家裡等消息。」

（四）賀官仲伯

我要調到臺灣臺南州的臺南衛戍病院之前，我還有許多次和中道泉院長見面的機會。

我們一方面交換行醫的心得，另一方面聽中道泉院長對我叮嚀到臺灣臺南州行醫的一些期望：他希望我用心把病患照顧好，也要致力新治療法研究。

就像鶴子說的：「行醫是對患者的一份承諾，患者的健康是醫師最大的幸福。」我深有同感。

行醫這麼多年，我深深覺得，醫術精湛來自教學相長，也來自個人的修養和精進。仁醫都強調視病猶親，為什麼總是有人眼中只有賺錢，不把患者的健康當一回事？問題是不是仁醫的醫德無法教？這是先天的悲天憫人和後天醫術的栽培的差別。

中道泉院長常常強調：「醫德需要傳承，因為任何時代都需要醫生為患者付出心力治病。」

我當然明白這個道理，這就是鶴子說的佛子報四重恩的回饋心。

在我的心中，對憲兵那件事仍然壓抑，我對憲兵不再出現的轉折感到好奇。不知道中道泉院長怎麼用智慧處理這個情況？

我曾經在病院的回字廊請教中道泉院長：「院長，當時你對那一排被我罰站的憲兵說了什麼？」

中道泉院長他拄著拐杖，一邊散步，一邊輕描淡寫：「只是用憲兵常用的嚴厲恐嚇口吻對他們說：『如果不保密，小心抄家滅族！』」

「為什麼？」

「因為憲兵之間也會互相監視，更被情治單位監視，所以憲兵除了自己的直屬長官，也不敢信任別人。」

我還是有疑惑：「院長，我不懂！為什麼那時候你一直遞小紙給我？」

中道泉院長停住腳步，面對我：「因為院長室被監聽，裝了竊聽器。監聽我的人，應該就是躲在樹後者的同夥。雖然我一一都發現竊聽器，全部拆除丟掉了，卻擔心拆除得不夠乾淨，所以用寫字對話。遠離窗戶寫字，監聽和監視就沒轍了。」

我聽得都愣住了，我、我到底是活在什麼樣的時代？

我想起鶴子說的話：「仲伯君！你不是普通的呆。」說得真對。

我承認自己是一個只會死讀書的呆子。

咚！

嗚！我的腳踢到床緣……

好痛……

我遮上紗簾，回到床上坐著。

我認為，臺灣光復之後，鶴子、我和孩子們繼續住在臺灣府城是正確的選擇，雖然很多臺灣人民曾經為舊日本軍工作，卻在日本招回日本國民的時候，臺灣籍日本人無法跟著去日本，全部依照政府規定改成中華民國籍。大家頓時失去工作，生活的一切全部歸零，但是我們不怨恨任何人。

中華民國軍方接收臺南衛戍病院之後，為了病人選擇留下來的鶴子和我，因為國籍身分的關係，我們也失去工作。我花了很多時間申請居留權，希望繼續留在這裡照顧療養院的病患，可是一直不順利，鶴子和我準備了很多文件，證明我們為療養院的病患所付出的努力，最後在民國五十年終於取得居留的權利。

民國五十年年中，我終於讓療養院不必再用租的了，療養院的名字用中道鶴子療養院。

這種種的醫療奉獻和成就，總是抵不過十五年前鶴子往生。

那時候，我非常傷心，我常常因為想鶴子而失神，還要醫師助理提醒我，讓病患重述一次病痛的內容。再加上我的年紀大了，體力不如從前，無法讓患者有妥善的照顧。我深思，乾脆放棄經營權，把療養院賣給別的醫院去經營，收容所的癩病和癲狂病患者轉移也轉移到他處。賣掉療養院之後，雖然與院內的病友依依不捨，但是，緣份嘛！總是有結束的一天。

鶴子因為車禍而往生，孩子們為她布置好靈堂，準備開始守喪。守喪的第一天一大早，有一位因為感冒而帶著大口罩的陌生訪客上門。他想要向鶴子上香。

在為鶴子奉香之後，他拿下口罩對我說：「敝姓古，名字是弘銅，是一家醫院的醫師，我是中道鶴子的遠親。久仰賀官醫師的盛名，希望醫師能為我的醫院病患看診治療。由於敝人不擅長手術，聽聞醫師在京都的時候曾經救治過不少病患，而且病患的手術癒後恢復極佳，希望能藉助賀官醫師的專業專長幫忙救治病患。」

我看著他的名片，不知道怎麼的，聽到能救治病患，我感覺到鶴子依然在我的身邊幫助我，一起為病患的康復而努力。

我毫不猶豫地答應：「好！請先讓我看看醫院的環境。」

古弘銅醫師有點激動地和我握手：「謝謝你對敝醫院的支持！」
由於正在守喪，我和孩子們商量，他們卻異口同聲：「去救病患吧！爸爸！守喪期間有至少有一星期，我們會輪流守靈守喪，等你手術完再回來吧！」
我點點頭：「嗯！好！」
翠蓮陪我跟著古弘銅醫師參觀完醫院，了解一下醫院的運作。結束參觀醫院之後，我告訴翠蓮，請她先回家，翠蓮卻堅持陪我。我隨即參加手術前的協調會議，閱讀要動手術的病患的個人資料。
一小時之後，我跟著主刀醫師進入手術室，為患者動手術。我的工作是技術指導，只有部分親自操刀。**手術很成功**，患者需要手術後的觀察，看看是否會有器官移植之後的排斥反應。事後聽說患者手術後恢復良好，住院幾個月之後就出院了。
我很希望把我就診的經驗往下傳承，但是因為我已經達到退休年齡，長時間的門診對我的體力來說是一大負荷，門診上雖然一週也只有安排五個半天的門診數，可是，還是沒有足夠的時間讓我把知識和經驗寫下來。
老實說，這麼老了還要出版教科書，年紀實在太老，寫作耗掉我的大部分體力，必須有人幫我忙、幫我校稿。回想當初計畫出書的時候，我把想法告訴孩子們，他們大多數願意撥出時間幫助我完成編輯書籍的願望。
那時候，我好高興！我的傳承計畫終於有了第一步！
在出版書籍的過程之中，我的孩子們各自有工作，也各自有家庭。他們自動自發地在假日撥出一點點時間幫我完成願望，我只負責寫作。

因為日本京都圖書館和臺灣府城圖書館並沒有館際合作，我覺得找我過去曾經在京都的研究資料，我必須親自到京都一趟。因此，荷子、晉、耀會撥時間或挪出假日，搭飛機陪我去京都圖書館蒐集資料。

翠蓮負責打字，蘭子和曜負責校稿排版，蘭子和荷子負責插畫；由於晉擁有一家出版社，負責後續的選紙、印刷、裝訂、出版事宜。

就這樣，在大家的齊心努力之下，我終於出版了醫學的教科書。

天色似乎變暗，我下床打開紗簾，沿著床緣在茶几前散步。

我的教科書出版之後，竟然有醫事學校找我去教書，我實在很驚訝！我的教科書有不少學校老師和醫生在使用，我常常在不同的會議場合和醫生們交換專業上的意見。

蘭子卻鼓勵我：「爸爸！你就利用頭腦還靈光的時候教書吧！一方面健腦、預防失智，一方面培育英才啊！」

翠蓮附和：「二姊說得對，第三個好處是活動筋骨，這樣子身心都有益啊！

「爸！你說對嗎？」

我對孩子們的孝心很感動：「說得好像有道理，可是……」我還是很猶豫。

長女荷子拿出大姊的氣勢：「爸如果擔心教書無人陪伴，我陪你去學校好了，畢竟我的時間最彈性了。」

蘭子在我身旁坐下：「還是希望我們三人輪流陪你去？爸爸？」

就這樣，我的教書生涯開始了。

門診那邊，我就再減兩個診，一星期只看三個門診。

一星期六堂課六小時、三個診十二小時，再搭配通勤時間，其他的時間還有備課時間、備診時間、開會、整理資料、寫作……等等，每一週時間都過得很充實。

教學一年之後，有學生提出：「希望老師門診的時候，我們能在旁邊旁聽。」

「臺北帝大醫學部在日據時期有門診實習，臺灣光復之後的門診見習也只有大醫院才有。」我反問：「目前小醫院只有巡病房的時候，才會跟著老師學習吧？沒有門診旁聽這種例子啊！」

「老師！當醫生應該以研究疾病為核心？還是以安慰病人為核心？因為生病的是人啊！」

「這……」我啞口無言。

『醫生是醫王的話，護士、助產士就是大士。』我好慚愧，心中迴盪著我和鶴子戀愛的時候，鶴子常常說的話。

「老師認為：醫生是醫王的話，護士、助產士就是大士。」我重複鶴子的話。

「老師！助產士是什麼？誰是助產士？」有男學生舉手。

另一名女學生舉手起立回答：「幫懷孕婦女接生嬰兒的人啦！她們都具備護理和婦女懷孕生產的專業知識喔！醫學史有教！現代的婦產科醫院都還有助產士喔！」

全班鬧哄哄：「嘩！」

「老師將向門診的醫院申請門診時讓學生旁聽，巡視病房的教學照舊。」我吃了定心丸。

下一回醫院醫師月會的時間，我提出讓學校班上學生在我的門診時間旁聽這一項動議，幾乎是全員反對，沒有人認為關懷病人比解決疾病重要。

醫師們反對：「前輩！你想太多了吧！把疾病解決了，病人的狀況就好轉了！」

我猶豫：「病人營養不良怎麼辦？」

「那要由家屬去注意，不關我們醫師的事啊！看病！看病！病沒有了，病人自然就好了嘛！」

「真的是這樣嗎？」

「是啦！是啦！前輩！你想太多了！」

「藥物的副作用呢？有的病人對此感到很痛苦啊！」

「不用想那麼多啦！藥物的副作用就開另一顆藥緩解就好啦！」

「你們有沒有想過？負責緩解的藥，它的不舒服副作用是不是要用另一顆藥來緩解？第二顆藥緩解第一顆藥的副作用，第三顆藥緩解第二顆藥的副作用，第四顆藥緩解第三顆藥的副作用……這樣開藥永無止盡啊！這樣對患者的肝臟、腎臟、脾臟真的有幫助嗎？」

「前輩！我們不想聽你講了！開藥的權利在我們的身上，我們想怎麼開藥，我們自己決定！我們要去看診了！」

「醫生護士要為病人著想吧？我們在讀醫學院的時候，大家都是這樣宣示啊！」

會議室一陣沉默。

古弘銅醫師開口：「我看這樣好了，讓賀官醫師的診先試辦一陣子，看看成效，我們再開會討論，大家意下如何？」

「好啦！好啦！院長說了算數，我們沒意見。」有醫生不耐。

「賀官醫師，您意下如何？就這樣辦吧！」古弘銅院長看著我。

我回應：「呃，那就依照院長的意思試辦吧！」

門診伴隨教學終於開始了。

我讓有意願參與的學生自由登記，沒想到有三十幾個學生登記，連沒有選我的課的學生也想登記，最後統計超過五十人。

我把他們分成十二組，每一個門診分一小時給一組旁聽。我規定，當我在向病人問診的時候，學生們只能旁聽做筆記，不可以看病人的病歷，以確保病人的隱私。如果想提問，必須等看完這一位病患，有我的允許才能提問。學生們的配合度很高，讓我很欣慰；臨床教學讓彼此都教學相長。

但是，這種教學方式，卻引起很多人不滿，讓嫌麻煩的醫師和老師們氣死了，拒絕學生任何有關於我的門診的提問。

學校有一部分老師認為他們的學生都跑去我的門診旁聽，回來之後，向他們提出一大堆問題！他們認為我的教學方式給他們製造麻煩！

有的老師認為現在的臨床教學已經足夠，門診旁聽是多此一舉。有的女老師認為學生們自動自發，願意乖乖旁聽學習是很好的事情。

這就是教學熱忱的差距吧！

門診旁聽這件事，我認為是見仁見智，中醫可以以師徒制教學，西醫應該也是可以，所以我樂觀其成，因為很多**臨床經驗**，不是課堂和課本能學到的。

醫院的醫生們的想法呢？幾年旁聽下來，依然維持當初院長的裁示，只有我的診間繼續維持試辦。

醫學生的反應呢？家長的反應顯現在學生的認真學習和笑容上，沒有家長反對門診旁聽。

護士和病患已經對我的門診一定有學生安安靜靜坐在一旁，只顧著對我講話，全部對學生視而不見。不過，有的病患不習慣醫生護士之外的人在，我便安撫他們，學生只就醫學內容旁聽。大多數的病患都會接受，少數人還是擔心隱私外洩的問題。這時候，我便提示病患，任何醫生對病歷都有保密責任，如果要做學術研究，一定會告知病患並保障病患的權益，請他們放心。

最近有學生在課堂提出「協助看診」的建議，我只說：「等你們畢業成為正式的醫生就有機會了。如果因為經驗不足而傷害到病患，你我都會傷心啊！醫療一定會與醫生們的努力時俱進的。」

這個世界如我所說，日後人性化醫療愈來愈多，投入善舉的醫師也愈來愈多。

韜三

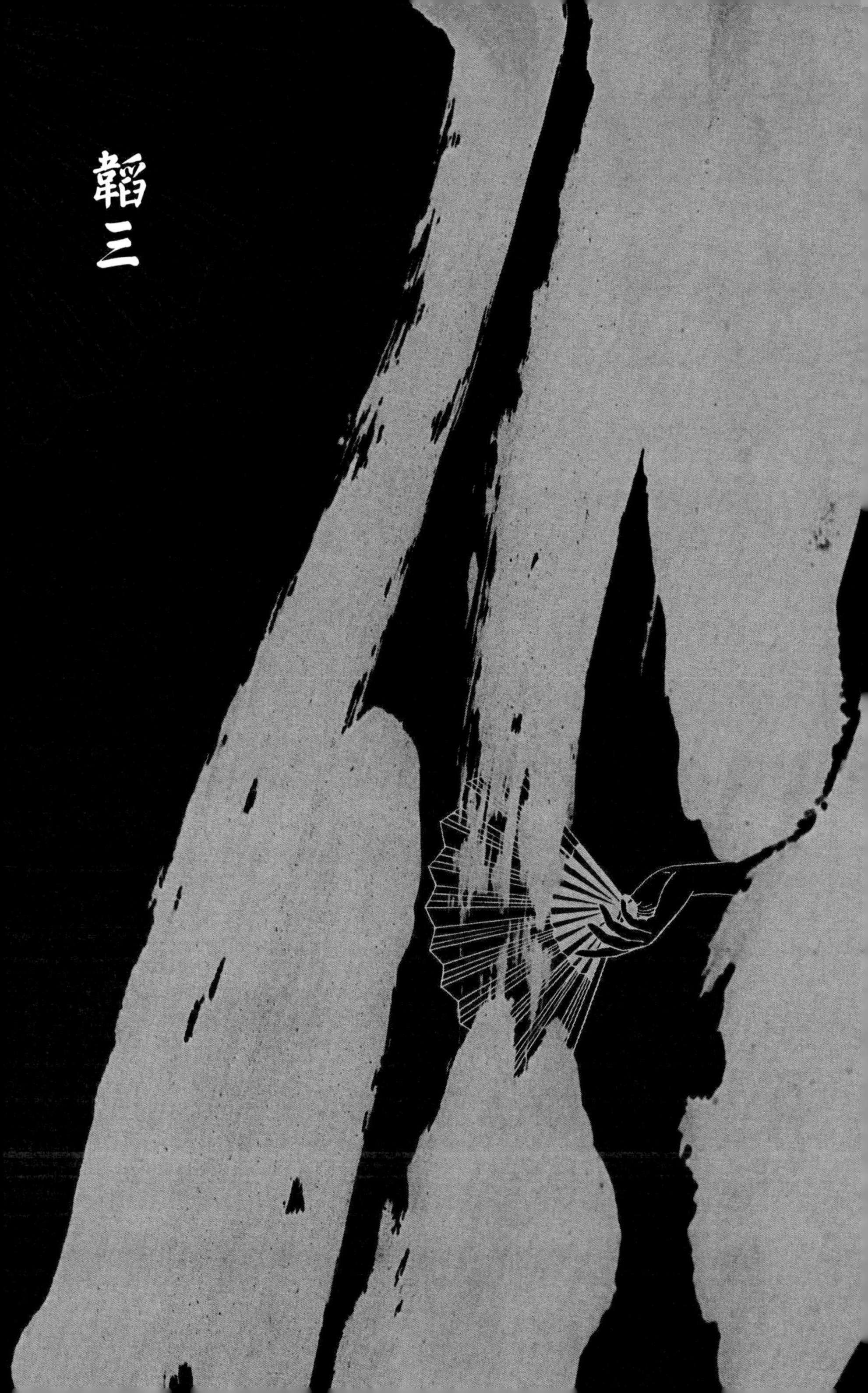

（一）公孫子棋

爸爸到底犯什麼罪，為什麼甘泉所長伯伯要抓他？我不明白。我們陪著爸爸跟著甘泉所長伯伯一路走向派出所，現在剛好經過何正箇他家門口。

剛剛在家裡還沒出門的時候，爸爸輕輕拍我的肩膀：「甘泉伯伯不是來抓我，而是來了解真相。你們一起陪我走一走吧！」

「真、真相？什麼真相？」我慌張地看著爸爸。

公孫梓琴摸著我的頭髮：「就是事件為什麼發生在你同學家的真相。」

「真的嗎？喔！」我還是不安。

我們一起出門，離開中藥房。

走沒有多久，爸爸放慢腳步，一邊走一邊向甘泉所長伯伯說話：「學長，你有沒有注意到，原本應該是單純的金身竊盜案，為什麼要弄得這麼神祕，最後變成命案？」

甘泉所長伯伯淡淡地說：「當了幾十年的警察，當然有。」

「還有多種的意外和巧合，不是很奇怪嗎？」

「意外？巧合？」甘泉所長伯伯停下腳步：「什麼意外？什麼巧合？」

「三個月前，槍擊學長的人和我長得一模一樣；荷仙家陌生人命案，死者身上的遺留羊毛棉絮和我的同一個品牌、同一種款式、不同顏色；米斗實警官和孩子們目擊到和我很像的人出現在兇案現場附近。憑這些表面證據，你不是也察覺到了？」

「等等！公孫老弟，」甘泉所長伯伯的表情有點生氣：「你怎麼知道槍擊我的人和你長得一樣？」

「第一、槍擊案發生的時候，我採訪目擊者知道的；第二、當然是緊張大師米斗實警官說的；第三是剛剛你對我怒吼，指責我槍擊你。」

「那傢伙……」

「學長，別緊張，米斗實警官這一次沒有拿任何照片給我看，只比手畫腳告訴我發生刑案，以及你有什麼傷勢、發生什麼事。這一次就算沒有照片，我也可以知道槍擊案現場的狀況，因為我還提供了證據給警方。」

「我還以為他又偷偷夾帶偵辦中檔案照片給你看。他有好幾次被我抓到，我氣得把他念一頓。」

「咦？」我有疑問：「為什麼米斗實叔叔不能帶照片給爸爸看？」

「警察辦案偵查不能公開啦！哥！」公孫梓書戳了戳我的手臂。

「公孫老弟！這，」甘泉所長伯伯欲言又止：「這次奇案……」

「犯罪手法還不知道，我倒是知道犯罪的目標：第四代的金身。」爸爸望著遠方：「以及這兩名幫助犯的死亡原因是勞累過度。」

「公孫老弟！老實說，他們兩位死者都是曾經被我逮捕的犯人，也改過自新了，突然這樣就死了，我感到十分很疑惑。我懷疑其中有冤情……」

「嗯，我們一起進去看一下如何？」

「好吧！既然走到這裡了。」

現在正好在荷仙家門口，那裡站著一位警察向甘泉所長伯伯敬禮，我伸手按荷仙家大門柱子上的電門鈴，過一下子立刻有人來開門，正好是何正箇。

「甘所長伯伯您好！公孫伯伯您好！」何正箇指了指庭院：「那邊還有封鎖線和警察在留守，我們還不能靠近。」

「沒有關係啦！」我拍拍何正箇的手。

「何正箇，你爸爸媽媽和弟弟還好嗎？」公孫梓書溫柔地問。

何正箇回應：「還好啦！只是看到兩個陌生人倒在那裡，我們有點嚇到。」

「還會很緊張嗎？」

「警察來搬走他們之後，我們覺得比較安心了啦！不然提心吊膽咧！」

公孫梓琴問他：「有沒有奇怪的事情遺漏了，沒向警察說？」

「奇怪的事情？嗯，監視器錄影沒有錄到人進大門，突然出現在斗室，不知他們是怎麼進來的。」

「凡走過必留痕跡。」

「是哦？可是那兩個陌生人沒有痕跡耶！唯一的一堆痕跡是斗室裡面，斗室外沒看到什麼痕跡啊！連前庭、大門都沒有足跡。真是見鬼了！」

我全身突然起疙瘩：「鬼！」緊張到大叫！

公孫梓琴拉住我的胳膊：「幹嘛突然大叫啦！」猛搖晃。

「我、我、我……」

「哪來的鬼？」

「我不知道……」我覺得耳朵和臉好熱。

公孫梓書溫柔地呵呵笑：「有同學會害怕來你家耶！」

「為什麼？」何正箇疑惑。

我不好意思說。

何正箇歪著頭想了一下：「是因為看到曾祖父他們的金身吧？」

我小聲：「你不會害怕呀？」

「哎呀！像曾祖父、高祖父、玄祖父的金身，我們都看習慣了，而且又是自己的親人，我不會怕啦！」

我們走到斗室前面，甘泉所長伯伯向留守的警察說了一些話。

爸爸拿出公孫梓琴、公孫梓書她們拍的照片給甘泉所長伯伯看：「學長！你看！這個角度看過去，對照照片，就是照片上這一位。」

「嗯！」甘泉所長伯伯沈思。

「學長，注意看他的胸口。」

「這是？縫線的痕跡？他有心臟病嗎？我沒聽說耶！而且，這樣的心臟能負荷賣菜的粗活嗎？」

「對！但是，勞動仍使他的心臟不堪負荷。學長！你看另外這張照片，這把刀子是有人故意插這個角度的。查得到指紋嗎？」

「查過了，刀子上面沒有任何指紋，而且這是新刀，刀鋒上油封還沒掉，這是超級市場裡很普遍的水果刀。」

「是虛張聲勢吧！」

「故意誤導我們辦案方向的啦！」

「學長！看過法醫對這兩位死者的解剖照了嗎？」

「還沒有。」

「他們有胸腔手術的就醫相關紀錄嗎？」

「沒有，法醫的初步報告說：『有動過開胸手術的痕跡；奇怪的是，縫線非常密，就像在人的皮膚上以縫衣服的技術進行，縫線的功夫非常高超，疤痕非常小。』我們正在調查哪一位醫生有這種高超的縫合技術。」

「這一張照片是另一個角度……」

「等等！這胸口……這兩人的胸口？我對照一下照片。」

甘泉所長伯伯看著這一組照片，額頭在滴汗：「我怎麼看不出來哪裡有開過刀、縫過線……」

「學長！這八張是近距離拍的，連胸口的細毛都拍進來了……」

甘泉所長伯伯瞪大雙眼：「這真的有淺淺的手術痕跡……這麼近的距離……在這個時代，怎麼可能有這種技術……」甘泉所長伯伯看著爸爸：「這到底是怎麼回事？」

「我也不知道。事出必有因，我們去看監視錄影帶吧！」

公孫梓琴握緊木刀：「不知道是否錄到穿羊毛衣的人。」

我們從斗室旁的矮樹叢走出來的時候，褲子都髒了。

「請問……何正箇同學，請問，」爸爸輕聲：「為什麼在庭院掃地要刻意避開斗室？」

何正箇害羞：「沒有啦！矮樹叢外面的先掃，最後集中到大門那邊。公孫伯伯！你看！斗室前面這麼窄，我們都是分開掃。」

「你們？」

「對啊！今天大片的範圍是我掃的，斗室周圍是媽媽掃的，所以媽媽看到東西嚇到尖叫，我爸爸聽到聲音趕緊出來看。爸爸一下子就叫我趕快報警。」

「監視器有錄到嗎？」

「應該有吧！只是警察拿走了，早上裝一捲新的錄影帶了。」

「希望能從錄影帶找到有用的東西，這東西可是破案的關鍵。」甘泉所長伯伯屏氣。

我們往右轉直走，走到了何正箇家的大廳，何正箇他們全家人都在，監視器錄影機和螢幕就放在門旁邊的小書櫃上面。

甘泉所長伯伯向他們全家人說明警方查案的目的之後，請何正箇操作錄影機，看看錄影的畫面。

甘泉所長伯伯問：「你們有拷貝備份嗎？」

何風樹叔叔指著櫃子的錄放影機：「有，警察要帶子的時候，允許我們備份。我把舊的錄影帶拷貝到新的錄影帶，我另外用新帶子接下去錄影。上面這一臺是錄影用的，下面這一臺是播放用的；左邊螢幕是正在錄影的，右邊螢幕是播放的時候看的。」

「嗯，您家的監視器裝在哪裡？對哪裡拍攝？」

「大門口兩支攝影機，對大門外交叉攝影；斗室一支對門口攝影；客廳供金身神桌，神桌上方兩支對神桌交叉攝影；這個門上緣裝一支對神桌正面攝影。共六支監視器，依序對照到一至六號畫面。」

爸爸想了一下：「請先倒帶到今天上午六點。」

「好，我來操作。」何風樹叔叔坐下操作放影機。

我看到螢幕裡的人後退走路，好好玩。

「嗯，可以從一個月之前看起嗎？先看大門前面。」

「好。」何風樹叔叔拿出一個月之前的監視錄影帶播放。

我心裡喊著：倒帶！倒帶！螢幕裡的人動得好快，很滑稽！呵呵哈哈！

「等等，停一下！學長，你們看！這裡是三個星期之前，你有沒有注意到大門……」爸爸指著螢幕：「三個星期之前，這裡錄到狗門有狗兒鑽進鑽出；剛剛我們進大門的錄影並沒有錄到小狗進進出出。這、這是怎麼回事？」

爸爸探頭張望好像在找東西，我也跟著找，其實我不知道爸爸在找什麼，只是好奇。

「學長！你看！」爸爸指著後面的大把電線。

甘泉伯伯疑惑：「這是？」

何風樹叔叔低頭：「我家養的小狗往生了，那時候內人看到小狗鑽進鑽出的錄影就會掉淚，甚至看著螢幕上的狗門畫面也會掉淚，她告訴我：『不想再看到狗門。』我乾脆拔掉一號端子接頭，以免觸景傷情。現在這隻小狗是剛買的。」伸手把端子接頭接回去。

「是這樣嗎？她每天打掃大門，看到狗門不傷心？」

「會啊！所以這一陣子是大兒子在打掃，買了新的小狗之後，她才恢復打掃庭院。」

爸爸對甘泉所長伯伯說：「學長！所以嫌疑犯從這一片門進出，就錄不到影像了！可是，嫌疑犯怎麼知道對準狗門的監視器的端子沒有接通？」在看著何叔叔：「難道不是她接應的？」

何風樹叔叔搖搖頭：「這……我不知道。」

爸爸指著螢幕：「昨晚整晚監視器沒有拍到任何人進出客廳的門，只有半夜四點錄到男主人經過客廳走進廚房上廁所，其餘時間沒有人經過客廳。」

「公孫老弟，何古秀子她會不會爬窗戶出去接應嗎？」

「放影請暫停。方便帶我們去看所有的窗戶嗎？」

何風樹叔叔點頭：「好的。」

我們逛了屋子一圈，只有打開客廳的門能稍微看見斗室的門和前庭前的大門，從鄰近斗室的主屋走廊窗戶只能看到斗室背面和側面。而且窗戶的垂直欄杆很窄，只能伸出一肢胳膊；同時伸出兩肢胳膊會深不直，很滑稽。公孫梓書在窗外咯咯笑，公孫梓琴在旁邊瞪我。

我們站在主屋的玄關。

何風樹叔叔指著前庭站著警察的大門：「要開大門只能穿過前庭走到大門去，主屋這裡無法開前庭那裡的大門。在客廳想和大門那邊的人互動，一定會被客廳的監視器拍到。」

「那麼，翻牆進來不就沒人知道？」甘泉所長伯伯不解。

爸爸指著前庭院地上：「如果翻牆進來，圍牆前後會有指紋、足跡、草跡、土跡，有時候也會有衣物微跡，偏偏這些痕跡都沒有，你們警方鑑識組也確認了。」

「庭院中的足跡是這一家人的居多……」甘泉所長伯伯指著石徑：「唯一一道磚粉足跡在乾燥的鋪石子小徑上離開這裡，無法得知嫌疑犯闖空門的足跡。但是，嫌疑犯是男是女，年紀多少都不知道……」

「就算不知道，已經知道三人中死了兩人。」爸爸蹲下來觀察這一道足跡：「依照磚粉足跡的樣式判斷是男鞋；」

「你怎麼知道是男鞋？」

「男性和女性的腳掌構造相同，但是先天的體態，後天的社會化讓各自走路的姿勢不同，男女老少走路的樣子也不一樣。以這一道步伐的寬度和間距，這個人身高大約一米六；走路的姿態是慌張一邊回頭一邊走帶跑，身上背著開挖的工具。」

「帶著開挖工具？你怎麼知道？」

「我們蹲低一點，望向石徑經過的矮叢，從這角度看右邊有一道硬物掃斷細枝的痕跡。學長看過榕樹修剪嗎？和理頭髮類似。」

「咦？真的耶！還蠻長一道。站起來反而看不到痕跡。」

「行進的方向正確，表示他熟悉這裡的環境，不怕黑夜中找路。熟悉環境，表示嫌疑犯和這家人熟識，熟識到肆無忌憚。」「什麼？誰？」甘泉所長伯伯轉向何風樹叔叔：「你家有這樣的人嗎？家族呢？」

「讓我想一想，」何風樹叔叔思考：「應該……沒有。」

「親戚呢？」

「嗯……我想應該是沒有。」

爸爸走過矮樹叢，繞著斗室走一圈：「斗室的門是拉門式紗門，有採驗出嫌疑犯的指紋嗎？」

「沒有，門把上沾著磚粉，應該是嫌疑犯戴棉布手套作案，因為監視器拍到兩個人戴著棉布手套開紗門進入斗室。」甘泉所長伯伯指著紗門：「今天早上勘驗，紗門是關著，沒有蠻力破壞的痕跡。拉開、關上，要輕輕地。」

「哦！嫌疑犯雖然慌張，離開時的心思卻是細膩，聰明的頭腦沒有紊亂，可見是計畫型犯罪的臨機應變。監視器只有拍攝到兩位死者生前走進去，沒有見到第三人進出讓人以為是密室。監視器沒有拍到的，算是密室嗎？紗門有上鎖嗎？」

何風樹叔叔回答：「沒有，就關著而已。」

「公孫老弟啊！就算嫌疑犯是大方進出應該也會百密一疏吧！」

「學長看出什麼蛛絲馬跡？」

「隱形披風？」

「是嗎？就算真的有這種披風，還是有折射角吧！」

「你是說，就算隱形，也看得見？」

「當然！用科學的方法隱形，就有科學的方法解套。就像透明玻璃杯裝冷開水、放入筷子，雖然透明，卻看得筷子扭曲。紗門這麼輕，稍微用力就會掉下來，可見嫌疑犯習慣手腳輕放。嫌疑犯怎麼隱形躲過監視器的？依照我們剛剛看錄影帶，監視器並沒有被移動，不然拍攝角度會有移位。」

爸爸想了一下：「我們回主屋去看錄影帶吧！」

我們一齊走回主屋之後，爸爸指著監視放影的螢幕：「請前進快轉一下。」畫面轉著轉著，裡面的行人好像在競走。「停！稍微倒帶一點……停！」爸爸指著螢幕：「甘泉學長！這一位就是槍擊你的人吧！在這附近徘徊呢！」

甘泉所長伯伯驚呼：「我的天吶！天底下竟然有人和你長相一模一樣！他．是．誰？」

真的耶！監視錄影畫面裡面的那一個人的臉和爸爸好像。除了髮型之外，五官都像極了！

我還以為那一個人是我爸爸！

「這一切的犯人，」爸爸嚴肅：「無故失蹤者……」

「公孫老弟！你講得太篤定了吧！」

「學長，你看他的服裝，左手緊張地拉緊外套，隱隱約約看得出左腰藏一把槍吧！」

「對耶！」

「你看他皺眉頭的紋路，我的眉心沒有這麼深的緊皺眉頭的皺紋；他轉身的時候，右肩聳肩，表示很緊張、小心翼翼，或是習慣性聳肩，我沒有這種習慣。人類的肢體語言，除了同卵雙胞胎多胞胎之外，是不可能百分之百一模一樣的。就算長相、身材一致，生活習慣、文化背景不同，口語和肢體語言一定有差異。例如不同省份的人站在一起，一開口便能知道是哪裡人。」

「我記得對我開槍的人右肩聳肩舉槍射擊，所以他不是你？」

「當然不是我，他慣用左手，我慣用右手。」

「這能證明什麼？問題在，吳犬楷檢察官認為是你幹的！公孫老弟！要是他們看錄影帶看到這一個畫面，一定會抓你。」

「繼續找證據比較重要。」爸爸冷靜地指著螢幕：「奇怪！這一位長得像我的人，他的動作像是？他把手伸進狗門做什麼？」

「抓著東西嗎？看不清楚。他站起來朝攝影機看了一下，臉部非常清晰。何先生，請停格。」

「咦？等等！看時間，這是今天早上打掃的時候監視器拍到的，請倒帶看一下之前每天的同一時間。」

畫面快轉，我們一群人緊盯著螢幕，以免漏看任何有利的證據。檢查十幾天同一時段的畫面，爸爸到底要找什麼？幾乎都是上午開門掃地、掃完地關門而已啊！

爸爸指著螢幕：「學長！你看！這一天早上，嫌疑犯的手也伸進狗門……」

甘泉所長伯伯皺眉頭：「他到底在做什麼？」

「學長！你看！每隔幾天，嫌疑犯就會來這裡把手伸進狗門，這時候，應該是有人讓狗兒戴口罩，禁止牠吠叫吧！」

「這是在進行毒品交易嗎？」

「請倒帶，看一下何古秀子在大廳做什麼。」

「公孫老弟，你看！放金身的大廳所裝的監視器錄到何古秀子拿紙鈔走出去。雖然很遠看不清楚，她轉身後走回大廳，手上拿一小包夾鏈袋裝的白色東西進門。」甘泉所長伯伯神情嚴肅：「那是毒品白粉嗎？這是正在販毒！」

甘泉所長伯伯和爸爸轉身，看到何正箇陪他媽媽何古秀子阿姨坐在客廳，何正箇站著，她坐在一張雙扶手木椅上，看起來十分憔悴，兩隻眼睛的眼眶好像貓熊眼的黑瘀青，加上深深的凹陷。

「秀子阿姨怎麼了？」我擔心地問爸爸。

爸爸拍拍我的肩膀。

甘泉所長伯伯走過去看，並向何風樹叔叔講了一些話。

甘泉所長伯伯嚴肅了一下，然後冷靜地問何古秀子阿姨：「何古秀子，妳真的每隔幾天就這樣子透過大門的狗門買賣毒品嗎？」

何古秀子阿姨虛弱地點頭。

「妳認識遞毒品給妳的人嗎？」

何古秀子阿姨虛弱地點點頭。

「他是誰？」

何古秀子阿姨指著爸爸。

甘泉所長伯伯嘆氣：「唉！她也把你和毒品嫌疑犯看成同一個人。這要怎麼調查……」

爸爸彎低身子：「何太太，監視器畫面中的這一個人，說話的聲音和我一樣嗎？」

何古秀子阿姨虛弱地搖搖頭。

我不明白何古秀子阿姨為什麼變成這樣，我擔心地看著何正箇。

爸爸看出我的心事，環抱拍拍我的肩膀：「不用擔心，警察一定會還秀子阿姨一個清白。」

爸爸請何風樹叔叔繼續播放錄影帶。

大廳和斗室的監視器畫面，一直到今天早上，每一天都錄到何家一家人輪流在巡視，以及日常生活，初一十五拜拜，也有訪客來對金身供花、供香、供水果、禮拜。

爸爸輕撫下巴，好像在思考什麼，拿出一張有凹痕的圖畫紙，對公孫梓書耳語了一下，公孫梓書就走出大廳去了。過沒多久，正在錄影的監視器螢幕出現公孫梓書。

公孫梓書好好笑，把手中的紙慢動作拿高，結果畫面一片黑。過了幾秒，她慢動作拿開紙，對鏡頭微笑，一瞬間鏡頭一片黑，根本看不清楚動作嘛！

接下來，畫面一下子照斗室紗門門口幾秒，一下子又全黑。

有人輕拍我的肩膀，我回頭看到公孫梓書：「妳在幹嘛！搞笑喔？咦？妳不是在那邊？」

她只顧著微笑、吐舌頭。

換公孫梓琴走進大廳，我看著她：「咦？」

「爸！」公孫梓琴把圖畫紙遞給爸爸。

「嗯？」爸爸轉身面對何風樹叔叔：「請問，最近您全家人都睡得好嗎？」

何風樹叔叔嘆氣：「睡不好，自從狗兒生病之後，我內人每天晚上睡覺都哭泣，吵得我不能睡覺，我們夫妻都要吃安眠藥才能睡著。」

「小孩子有吃嗎？」

「有，劑量吃得比較少，因為他們也被媽媽的哭聲吵得睡不著。她常常做惡夢，半夜常常說夢話大聲嚷嚷。」

我們看著爸爸和甘泉所長伯伯。

爸爸問何古秀子阿姨：「您吃安眠藥的原因是不是常常夢見一位穿黑衣戴黑高帽、中等身材的壯男子，以及一位穿白衣戴白高帽、身材高瘦的男子來搶走妳的狗？」

何古秀子阿姨點點頭。

「也常常夢見前三代走下神桌靠近妳？沒有說一句話？」

何古秀子阿姨又點點頭。

「所以妳認為他們是魔鬼？」

何古秀子阿姨發抖、縮起雙腳，點點頭。

「記得地藏菩薩嗎？」

何古秀子阿姨無力地點點頭。

「心慌的時候，就一直念『南無地藏菩薩』的聖號，地藏菩薩會幫忙有困難的人，地藏菩薩會幫助妳。」
何古秀子阿姨又點點頭。
我擔心地問爸爸：「爸，現在何正箇家平安無事嗎？」
「是啊！」
「那，秀子阿姨吸毒販毒的事情是真的嗎？」
「吸毒應該是真的，其他的事情，警察還在查證。」
何風樹叔叔向我講幾句話之後，我跟爸爸說：「爸！何叔叔說，反正警察已經採證完畢，希望開缸儀式趕快進行。」
「好！我來聯絡法師，我希望你們三人在進行儀式的時候，幫我忙。」
「好！」我們點點頭。
爸爸也答應何風樹叔叔。
「學長！給我一些時間好嗎？」爸爸向甘泉所長伯伯拜託。
「好吧！反正現在人在這裡，趕快進行吧！」甘泉所長伯伯爽快地答應。
爸爸聯絡了竹溪寺、開元寺、法華寺的三位法師，看他們現在是否有空來荷仙家舉行開缸儀式。大約過了廿分鐘，三位法師和處理金身的師傅就到了，隨即開始開缸的儀式，爸爸站在一旁幫忙遞東西給三位法師。
一開始，爸爸他們先在大陶缸旁邊把磚塊清除，再清除木炭、香灰袋，一直清除到第四代可以抬出來為止。
然後再把第四代的藤編坐墊也拿出來，最後一起移到荷仙家神明廳。

（二）甘泉

我們一行人離開荷仙家之後，公孫堂三胞胎先回家，公孫善苑學弟一路向我解釋何古秀子吸毒產生幻覺和他妻子柳子靛陪她去就醫的經過。

我們一踏入守平安派出所，米斗實偵查佐和林泛舟偵查佐同時看著我，我心裡直覺不對勁，與學弟互使眼色請他幫忙。

米斗實警官非常緊張：「所長！不好了！戶政事務所傳來公文，說荷仙家命案的兩位死者，一星期之前就已經辦理死亡除籍了！」

林泛舟警官剛剛放下電話：「所長！有命案發生！有一輛環保局的垃圾車到北門公園街附近收垃圾，以為載到大黑塑膠袋裝的破碎櫥窗模特兒人偶。」

「醫生開立死亡證明之後，才會由戶政事務所辦理除籍啊！」

「垃圾車司機在操作壓縮垃圾的時候，聽到有怪聲停機檢查，」

「也就是說，兩名嫌疑犯先死了一次，莫名其妙地復活了，」

「發現垃圾堆發出奇怪的味道，停機翻出來看，」

「然後又莫名其妙死了！」

「仔細檢視，發現全部是混著血水的殘缺不全的屍塊！」

「所長！這件事情太詭異了！」

「所長！我們是不是要立刻出動？」

「這兩件事……嗯，」我比食指：「分兩組，林泛舟和兩名員警去戶政事務所查死者身分和就醫記錄，另外四人去訪問死者家屬；米斗實和兩名員警，聯絡法醫和鑑識組去查垃圾車，我會跟去看扣押的垃圾車。」

我到北門公園街垃圾車發現異狀的現場，好幾位員警已經先到。我看到裝著屍塊的塑膠袋已經被打開，映入眼底的是長蛆的模糊肉塊和令人難受的撲鼻惡臭。我在無數次的刑事案件現場經歷撲鼻的惡臭和長蛆的肉塊，每一次都讓人心驚膽跳。隨著閱歷增加，我不再對它們感到害怕，只是撲鼻的惡臭仍然讓人受不了，血肉模糊長蛆的畫面仍然令人作嘔。

「這麼多蛆蟲，」我看著大塑膠袋內外露的屍塊喃喃：「組織已經腐爛壞死好幾天了吧！」

「腐爛到吸引蒼蠅產卵長蛆，應該是死亡第三天了，」公孫善苑拿筆指著兩塊相黏卻尚未退冰的痕跡：「可是深處夾縫這裡有結霜的痕跡，可能時間更多天。」

「哪裡？真的！」

「這裡有，那一塊那裡也有。」

「是被害人生前遭到虐待？生前嗎？還是死後……」

「應該是死後處理，因為這裡切痕很整齊，那裡是用剁的。」

「嗯？你怎麼知道？」

「因為生肉是軟的，剁生肉會有連續歪歪斜斜的刀痕，生前掙扎的話，刀痕方向會歪斜差距很大；冷凍肉是硬的，剁痕刀刀整齊、方向一致。用手切軟吐司和冷凍吐司不是也有一樣的現象？而且，下刀的力氣大小和刀子的位置，切痕會不相同，你們鑑識組應該有專家能解謎。依我看，下刀的人應該是右肩受傷的廚師，右肩二頭肌因為扛重物施力不當而無法用力。」

「你怎麼知道？」

「看切痕。學長你看，這是用中等長度的刀劃的，切痕一刀到位，這只有熟練的廚師或屠夫才辦得到；筋膜都被整齊削掉，更證明這一點。你看骨頭的斷面，應該是用鋸子鋸的，如果用大刀剁，會有粉碎性骨折的碎片痕跡。右肩受傷，用不熟練的左手剁，切痕傾斜。」

「這是……廚師處理肉品到一半才驚覺這是人類的肢體嗎？」

「不！是有人阻止他，他才知道的，因為豬的肢體構造和人類相似，常常被醫生拿來當練習手術的對象。實習醫生要練習，只能跟在醫師身邊等手術的時候才能觀察學習，大學生的解剖課只有無名屍和已經執行死刑的犯人軀體可用。」

「米斗實！快去查查看是哪一家餐館或家庭的廚師誤把屍體當豬肉！」

米斗實警官應答聲響亮：「是！」

我指著垃圾袋：「這包屍塊的垃圾是來自哪裡？」

「報告所長！正在查！」

我環顧四週：「米斗實警官！順便向里長調閱監視器畫面！」

「里長在這裡！我們已經去看過監視器錄影了！」米斗實警官向我報告：「所長，調到畫面了，但是鏡頭從電線桿到垃圾車的距離很遠，只看到幾個穿相同服裝的人，把大袋垃圾抬到垃圾車上。」。

「辨認得出來是什麼樣子的服裝嗎？」

「所長，這是我用立可拍翻拍出來的畫面。」

「嗯……先讓鑑識組拷貝一份回去分析吧！」

「學長，我們可以先看翻拍的照片。」公孫善苑指著照片：「從黑白監視器畫面翻拍的吧！這一群人的衣服剪裁和色系似乎相同，只有這兩個人的衣服和褲子是相同的淺色系，其他五人上半身淺色、下半身深色。這五人，兩人穿長褲，三人穿窄裙。」

「根本看不清楚臉部，穿長褲的都是男人嗎？」米斗實警官迷糊了。

「你只有翻拍一張嗎？」

「翻拍三張。」

我皺眉頭：「這兩位衣褲同顏色的人像女人，穿裙子的人一定是女人，剩下兩位……北門那附近服飾店、鞋店很多吧？」

公孫善苑提醒我：「要考慮穿制服的職業。」

「制服……我想想：交通運輸、大賣場、連鎖餐飲、便利商店、郵局、大飯店、百貨公司、工廠、診所、警察、社會工作、學生、教師……可惡！什麼行業衣服相同，褲裙不同？還是臨時穿搭才這樣？」

「所長！這兩位衣褲同色的人，也有可能是男人啊！臉完全看不清楚嘛！」米斗實警官搔搔頭。

「問問這附近的店家，看看哪裡會有這樣穿著吧！」

我們拿著翻拍的照片問了好多店家，幾乎都說太模糊，只憑模糊的畫面看不出是誰。去位於附近的里長辦公室看監視錄影帶也是相同的結果。

「這個嘛！」一位文具店老闆指著遠遠的右前方：「這張照片，好像是那一家餐廳的制服。」

我立刻指揮員警前往文具店老闆所指的餐廳，要求員警用立可拍拍了幾張該餐廳服務生的近照。對照翻拍的照片，深藍色褲子和裙子確定是這一家餐廳服務生的制服，卻不知道兩位衣褲同色的人是誰。因為餐廳是休息時間，我們剛好利用餐廳的大廳當作臨時的偵訊場所，由警方偵訊餐廳員工，可是竟然沒有人知道丟過這幾包垃圾。我希望餐廳服務生們留下指紋樣本，以釐清他們是否犯罪。

我質疑：「里長辦公室內的監視器畫面明明有拍到人，為什麼餐廳裡沒有人承認？」

餐廳經理覺得委屈：「敝姓李，警察大人！我們真的沒有人出門去丟垃圾。」他遞上名片：李副。

「真的嗎？你們當中一定有人說謊！」我憑著警察的直覺質疑。

「警察大人！沒有確切的證據，請不要冤枉我們。」

我氣餒地看著公孫學弟，他卻盯著天花板看，喃喃自語：「餐廳內有監視器設備嗎？」指著天花板上的好幾個金漆方格裝飾角落的許多圓形：「我有看到好幾支喔！」

「在哪裡？」我看著和天花板裝飾紋路搭配得很整齊、分布得很有規則的球狀物：「那些圓球？那些不是裝飾品嗎？」

「雖然它們外觀相同，有些是真的裝飾，有的內藏小鏡頭監視攝影機。」

「李經理！請帶我們去看監視錄影吧！」

「這……」李副經理想推辭。

「如果不配合辦案，將以妨礙公務論！」

「警察大人！我們真的是冤枉的，請出示搜索票吧！」

搜索票！那還要向吳犬楷檢察官報告這裡的細節，舉證這裡與荷仙家命案有關，或這裡是新發生的命案第一現場，後由吳犬楷檢察官判斷是否開搜索票。要是讓他知道我和公孫善苑在一起搜索與命案無直接關係的地點，我又要解釋得口沫橫飛。

公孫善苑學弟舉手：「等一下，我們不搜索，借廁所可以吧？」

「好。走到底，左轉。」李副經理答應。

公孫善苑起身繞過餐廳經理，朝他背對的方向走去。

餐廳李副經理連忙糾正：「廁所在那一邊才對。」

「這裡也看得見廁所。」公孫善苑隨手開門。

我跟過去，看到門旁邊立著一個櫃子，一大把電纜線從房間內的天花板垂下到電腦旁櫃子的後面，櫃子裡擺著錄放影機。

我堅持：「我們借用一下這些設備。」

餐廳李副經理唯唯諾諾：「是……」

我請同仁調閱監視器，它是從用餐區域往廁所的走廊拍攝，以及三支攝影機交叉攝影用餐區，門口及卸貨碼頭也有監視器。從監視錄影畫面來看，這條走廊竟然深邃得無盡頭，往未知的方向去。在丟垃圾的時間點前後，錄到一群人從無底走廊走出來，手上提著塑膠袋的模糊影像；丟完垃圾之後，同一群人再走回無底走廊，雙手空空。因此，可以肯定是這一群其他時段的監視器錄影影像是正常的，走廊的底部是連一道連窗戶也沒有的牆壁，其他監視器則沒有看到這一群人出入。這一群人是誰？為什麼走向無底的遠方？為什麼只出現在這一個監視器鏡頭下？

監視器畫面重播著那道無窗的牆壁漸漸出現深邃的長廊。

米斗實警官顫抖：「所所所、所長……難道是連通陰陽界……」

「學弟！你看這群人出現的方式……」我也精神緊張地問公孫善苑：「難道他們是透過蟲洞進出這一家餐廳？」

公孫善苑望著我：「蟲洞？美國猶太裔和以色列裔物理學家愛因斯坦和羅森提出的黑洞糾纏假設嗎？」然後轉頭看監視錄影，探出門外四處望。他回頭向餐廳李副經理提問：「走廊的擺設裝飾是什麼？」

李副經理指著監視錄影畫面：「走廊左邊前段和後段掛著幾幅莫內的名畫，中段是一間男性洗手間和一間女性洗手間；走廊右邊的牆壁有三個內凹的展示臺放著室內盆栽，上頭有美術燈照著盆栽。」

公孫善苑站起來：「我想實際走一遍。」

李副經理實地帶我們參觀，就像李副經理所說的那樣，走廊左右各三幅莫內名畫的仿畫〈紅帆船〉〈睡蓮池〉〈蛙塘〉，走廊底部也是一幅莫內的〈日出〉。

「詭異錄影的那一段的走廊左右……」公孫善苑凝視周圍：「和這裡看起來一致……唔？」反覆盯著四幅畫喃喃：「鬼門、蟲洞……」

我詢問：「怎麼？畫有祕密還是藏著機關？」

「嗯？一八七五年創作的〈紅帆船〉收藏於橘園美術館，一八九九年的〈睡蓮池〉收藏於奧賽博物館，一八七二年〈日出〉收藏於瑪摩丹美術館，一八六九年〈蛙塘〉收藏於大都會博物館——

三幅收藏在法國巴黎，一幅收藏在美國紐約——所以鬼門在紐約這一幅畫作的位置？」

我伸手一一翻開畫作，仔細端詳背面：「畫框、正面、背面、牆上看不出有什麼異常啊！沒有任何像門縫的痕跡。人群憑空出現是怎麼辦到的？」我質疑李副經理：「快說錄影帶錄到的那群人是怎麼出現的！」

李副經理支支吾吾：「我不……」

我瞪著李副經理：「你不知道？還是不能說？如果不敢說，警察給你依靠。如果不能說，那是隱匿犯罪。」

李副經理卻保持沉默。

我實在是看不出異狀，我想我應該去申請搜索票。這些屍塊是無名屍嗎？要怎麼查出他們的身分？他們是犯罪被殺的？還是被不當丟棄？為什麼這群人要丟棄呢？我滿腦子疑問，需要整理出頭緒。

我們一行人回到派出所之後，我立刻向吳犬楷檢察官申請搜索票，希望能在那一家餐廳發現新證據。再次搜索之後，扣押餐廳所有的刀具等相關物品，希望用魯米諾驗出人類的血跡反應，結果鑑識組卻毫無所獲。

林泛舟警官向戶政機關和保險公司查核：「荷仙家與臨時拘留所的死者在一個月之前，確實有醫生開立的死亡證明書，而且一週之前已經除籍。除籍當天，家屬也向保險公司申請死亡給付。保險公司已經在昨天完成給付。」

我質疑：「開立死亡證明書的醫師是誰？」

「中府城醫院的賀官仲伯醫師。」林泛舟警官指著死亡證明書影印本上的印章和簽名。
「賀官仲伯醫師是誰？」
「府城內外科手術醫生之中，有神刀之稱的神醫。」
我疑惑：「他是哪裡的內外科醫學名醫？」
「對，聽說他的開刀和縫合的技術非常精湛，能讓病人在短時間之內，傷口恢復良好。」公孫善苑學弟淡然處之：「一群接受他的手術並恢復健康的病人封他為『神刀神醫』。」
「可是，他開的死亡證明書，怎麼有兩位復活？如果這兩人沒有死亡，那麼家屬送葬的是誰？為什麼要假死送葬？」我再次質疑。
「這幾箱應該是林泛舟警官再次搜索的時候，扣押的病歷。我請他扣押五年內，醫生已經簽屬病人死亡的病歷。」公孫善苑指著地上幾個箱子，箱子上貼影印紙寫：病人死亡病歷。
林泛舟警官向我報告：「對！所長！全部都裝箱帶回來了。」
我假裝生氣：「公孫老弟，你又指揮我的部下辦案……」
「三個臭皮匠勝過一個諸葛亮嘛！」公孫善苑學弟呵呵笑：「哈哈哈！」
我們一邊調查這幾箱的病歷，一邊核對警方手邊嫌疑犯莫名其妙心臟衰竭的案子。發現之前心臟衰竭的嫌疑犯，都有中府城醫院開立的死亡證明書。我請法醫來檢視這些奇怪的病歷，看看是否有奇怪的地方。法醫卻說裡面都是很正常的醫療紀錄，唯一巧合的事情是心臟衰竭的病歷，主刀醫師都是賀官仲伯醫師。
「因為他是胸腔手術權威，這很奇怪嗎？」林泛舟警官不解。
我喃喃自語：「一般醫生是禁止有心臟衰竭的病人過度勞動，為什麼這三人……」

「法醫在解剖紀錄這樣寫：一位是因為警察追捕而奔跑致心臟無法負荷，兩位是做粗活使心臟無法負荷。」

「為什麼他們都已經開立死亡證明了，怎麼還能活著被警察追？活著偷東西？為了保險的死亡給付嗎？他們三人的死亡給付呢？」

「死亡給付家屬都拿到了。」

「只好朝保險金詐欺案的方向查了。也要查一查病歷造假，偽造文書罪！看看開假病歷的醫師是否有收回扣！」

檢方向銀行查證，結果發現賀官仲伯醫師的帳戶除了正常的薪資匯入之外，並無其他異常的資金流動。

再查偽造文書的問題，發現簽署死亡證明書的日期是最近這幾個月的事情；醫院方面證實，賀官仲伯醫師早在民國七十三年（一九八四年）就已經退休離職，已經沒有再繼續看診。那他的帳戶薪資匯入是怎麼回事？

我捶桌子：「到底是誰假冒賀官仲伯醫師簽的名？賀官仲伯醫師為什麼退休之後繼續領醫院薪水？」警方無法證明賀官仲伯醫師繼續領薪水與這幾件心臟衰竭的刑事案件有關。可惡！案子卡住，回到原點。

林泛舟警官舉手，說話飛快：「所長！電話！鑑識組來電，垃圾車發現的屍塊有問題。鑑識組說，那些殘缺不全的屍塊總重量一百八十點二公斤，有十一組ＤＮＡ。更奇怪的事情是，在荷仙家心臟衰竭的兩位死者，雙手的指紋都不屬於同一人，有部分ＤＮＡ與屍塊的ＤＮＡ相同。法醫說，這兩位死者的手臂動過肢體更換手術。」

公孫善苑插嘴：「學長！請查一查，屍塊和這兩位死者有沒有其他關聯性。還有，這幾個月經過死亡除籍人士的ＤＮＡ。」

我望向公孫善苑：「學弟！這是不同的案子啊！你的意思是？」

「器官移植手術，通常血型相同、組織不會互相排斥就能做，來源是器官捐贈，捐贈者都會親自或由家屬填寫器官捐贈同意書。但是……」

「你的意思是，非法來源？」

「嗯！」

「林泛舟！趕快聯繫鑑識組！」

「學長！還有，查一下賀官仲伯醫師個人的手術紀錄。」

我到公孫堂中藥房找學弟：「公孫老弟，因為這幾個月死亡除籍人士的家屬拒絕提供死者生前留存的ＤＮＡ，所以案情毫無進展。」

「學長，荷仙家發現的死者都是心臟衰竭死亡的嗎？」公孫善苑看著我。

「是啊！」我喝茶：「為何多此一問？」

「我記得當年在斗室搬磚堆疊也是兩三個人施工而已……」公孫善苑不理我，繼續問：「學長，你知道精密手術嗎？為心臟病患者動的精密手術。」

「這是這幾年新興的外科手術方式吧！公孫老弟，怎麼突然說這個？」

「這種精密手術已經發展好幾年了，這種手術起源是外科手術，據說這幾年前才傳來臺灣。」

「那是哪一科？」

「學長知道學科名稱是什麼？」

「我有印象，我記得好像是，嗯……嗯……好像是……」我想了老半天，擊掌：「嗯？啊！對了！心臟內外科手術。」

（三）柳子靛

丈夫被逮捕的時候，我很驚訝：「爸爸要被甘泉伯伯帶走？這怎麼可能？這是從來沒有發生過的事情啊！」

三胞胎一齊嚴肅地點點頭，表示事態嚴重。

「咦？」我疑惑：「那麼，你們三個要陪著去幹嘛？」

「爸爸交代的。」三胞胎異口同聲。

奇怪了？

一向都是甘泉先生的員警從派出所來公孫堂，然後我丈夫才跟著出去調查警察查不到的怪事。怎麼今天變成我丈夫是嫌疑犯？這是從來沒有發生過的事情啊！

我感覺快昏倒：「事到如今，只能相信他了。你們去吧！去了解一下情況也好！」

「我們出門囉！」公孫梓琴和子棋、梓書一齊揮手。

孩子們跟著丈夫和甘泉所長出門之後，我的心思想著上星期遇到老師的事：

那一天的空氣似乎凝結，我和丈夫公孫善苑在那一座宮廷風建築之外遇到賀老師講了一些話。可是，一提到家人，他的神情就完全不對。

我壓抑住情緒，深呼吸：「老師！這些日子，您的孩子有陪伴著您，和您同住嗎？」。

「呃？沒……呃……不！有……不！我的意思是，他不在了，很忙。呃……他，他，他工作很忙！」

「他現在在哪裡？」

「他，呃……他……」賀老師在發抖，膝蓋忍不住大力顫抖：「在上班。對！在上班！」

「老師！」

我的丈夫公孫善苑一箭步上前，抱住賀老師以免他跌倒，我們夫妻倆一起扶住他。

當天晚上，丈夫對我說：「靛子，我們去吃飯遇到賀老師的事情，不能跟其他人同學說，知道嗎？」

「為什麼？」

「耶穌復活都令人難以置信，更何況是普通人，不能跟其他人說遇到賀老師的事。大家會害怕！」

「我知道啦！」我蹙眉煩惱：「我也知道大家聽到會害怕！但是為什麼我們要怕一個活著的人？原因是因為其他同學聽到真實的復活事件會渾身不自在嗎？還有，你說的耶穌復活是指子棋、梓書他們班那一位梵蒂岡交換生出車禍的意外喔？」

「是啊！」

「那不是單純的交通事故嗎？」

「全身多處複雜骨折，竟然活下來了！」

「那孩子福大命大，活下來是好事啊！」

「我不是這個意思。他的四肢受到嚴重的粉碎性骨折，理論上應該是截肢才能保全性命。可是，那小伙子並沒有這跡象。」
「什麼跡象？」
「曾經截肢的跡象。」
「啊？不懂！」
「靛子！妳煮藥膳湯帶去給那小伙子喝的時候，是誰端湯給他喝？」
「我啊！」
「他自己有端湯喝嗎？」
「嗯？不太記得了……應該有吧！」我想了一下：「梓琴、梓書說他喝剩下三分之一的湯，自己端湯碗、拿湯匙喝。男孩子不想讓人餵食，害羞嘛！」
我翻找桌子下的相簿，一頁一頁看：「諾！老公！」
我丈夫公孫善苑沈思的模樣又出現了：「賀老師是華人吧？」
「應該是，聽說他的日語很棒！」
「他是哪裡人？」
「嗯……好像是泉、泉……聽何古秀子說，賀老師是福建泉州人。」
「他曾經待過日本嗎？」
「不知道耶！老公，你問這個幹嘛？」
「因為同名同姓……」
「妳的書法老師、中府城醫院的神刀醫師、內外科醫學教科書的作者，三人同名同姓，姓名都是賀官仲伯……」我丈夫搔著捲髮：「靛子！妳們書法班全班同學是不是去年都參加了賀老師的公祭？」

「是啊！」

「所以，現在的線索是：妳的書法老師已經往生，神祕的神刀醫師似乎還在看診，十五年前的教科書作者。這三條線索連不太起來。」

「神刀醫師？是我在醫院看到的老師的名字嗎？」

「是啊！他也是釐清荷仙家疑案的關鍵人物。」

「疑案和何古秀子有關嗎？」

「應該無關，因為吸毒會造成神智不清，如果有犯罪行為，也有區分。」

「當天我有特地去醫院掛號看賀官仲伯醫師的門診，可是，護士說：『醫院沒有這一位醫師』，請我掛別的醫師的診。」

「也許賀老師真的有雙胞胎兄弟，當雙胞胎出現的時候，我們實在無法分辨誰是誰……」

「應該……不可能，因為沒有聽說過賀老師有雙胞胎兄弟。」

「沒有人會把家中隱私一一描述給學生知道吧？妳又不是他家的親戚，不太可能會告訴妳。更何況我們假日去吃飯的地方遇到的老先生，不一定是賀老師。」

「為什麼？」

「天底下長得相像的人很多啊！除非是相同ＤＮＡ或是同卵雙胞胎。不然，天底下可能有這麼巧合的事情？」

「可是，我覺得很像啊！」我抗議。

丈夫換個坐姿：「那妳問過醫院同名同姓醫師的事情嗎？」

「問啦！醫院的護理長說，醫院裡面沒有這一位醫生。會寫書法的醫生有好幾位，就是沒有我形容的這一位。」

「沒有。」

「那，有年紀、私下開書法班的老醫師，有沒有？」

「出版教科書的醫師呢？」

「她說：『無可奉告。請自行接洽出版社。』」

「這句話是暗示：有醫師著作教科書。所以妳……」

「我特地跑去看內科的兩個診間，一間一間敲門問護士，都沒有結果……」

「沒有人知道這一位醫師？」

「沒有。後來，我想到一招，直接問院長。我去敲院長的診間，院長正在看診，要我等。過一小時輪到我，我劈哩趴啦問一堆……」

「結果呢？」

「院長堅持沒聽過這一號人物，否認我剛剛那幾個問題。回家之後，我不死心，隔天再去醫院一趟，那一張醫師簡介已經被撤下，護理長死不承認曾經貼過那一張。」

「妳沒有事先帶相機去拍下來？」

「忘記了！唉！從此死無對證……」

「就算有拍照，那一張簡介也不能證明什麼。」

「可是我確定他就是賀老師！」

「啊？哪有人像妳這樣強迫人家接受觀念的啊？太野蠻了吧！」
「我就是野蠻老娘！怎麼樣？身為我的丈夫，你就要支持我！愛護我！幫助我！幫我查出事實！」
丈夫不太理我：「呃？這是警察的工作吧？」
我急了：「我不管！我不管！我不管！」
「好啦！好啦！」丈夫戳一下我的額頭：「囉嗦！」
這下子可好了！
丈夫和孩子都跟甘泉所長和警察走了，留我一個人在家顧店面。我喃喃自語：「到底還有什麼線索能證明賀官仲伯老師真的復活？」
我想到丈夫和米斗實警官在討論事情的時候，他們都坐在公孫堂中藥房的櫃檯，櫃檯中的抽屜或櫃子一定有收著相關資料。
我來找看看，記帳本底下壓著中藥秤子，秤子的底下壓著一個淺棕色中型信封。
我嘟噥：「這是什麼鬼信封？老公偷藏私房錢？讓我看看藏多少……」
我拿出信封，打開膠帶被整齊隔開的信封口，看到一疊照片和一張紙。
我把它們倒出來。
「咦？這是什麼照片？」
我順手疊整齊。
「咦？這些照片是秀子她家的照片吧！還有奇怪的照片，胸毛？真噁心！」我把幾張奇怪胸毛照片擺一邊。

「這是秀子家的第四代老人、子棋、梓書的同班同學的……咦？他不是封缸了嗎？缸子破了？上面的蓋子不見了？

「拍這些照片要幹嘛？真奇怪！」我把這些照片堆一旁。

「這幾張是何古秀子家的庭園……連矮樹叢都近距離拍……這在拍植物特寫嗎？

「孩子們不是常常去同學家玩嗎？幹嘛還需要拍照？

「真無聊……」

「呀！這兩張照片是什麼？兩個人躺臥在破掉的大陶缸旁邊？」我把相片甩在桌上，用手指小心翼翼地把嚇人照片推移到一旁。

「嚇死我了！不要看！不要看！」我急忙把照片塞入旁邊那一疊的最底下。

我的心跳加速！

難道是公孫梓琴拍的照片？

公孫梓琴繼承了我的正義感和丈夫的膽大心細，在丈夫進行推理的時候，總是跟前跟後；公孫梓書則繼承我的溫柔和丈夫的冷靜沈著，也是默默地聽著丈夫的推理，不知道學了多少？只有夾在中間、天生憨厚傻氣的公孫子棋不知道繼承了誰的個性？不過，這麼呆也是好兒子。

冷靜！冷靜！頭腦冷靜一下。

奇怪？這些照片與賀官仲伯老師無關吧！和賀老師有關的線索到底是什麼？

咦？這一張紙條是什麼？上面完全沒有字啊！

我拿起來往陽光處照，隱隱約約看到……有痕跡！

看起來是上一張紙寫字，而且撕掉了……

我來試試用2B鉛筆塗一塗還原筆跡：「啊！有了！」我從抽屜拿出一支2B鉛筆塗。

北門、槍擊、毛衣、餐廳、老人、醫院、教科書、同名同姓。

這是在寫什麼啊？

北門、槍擊、毛衣？這是槍擊甘泉先生的案子嗎？我老公還被誤會是嫌疑犯。可是，老公的嫌疑真的洗清了嗎？

餐廳、老人！這一定是賀老師出現在餐廳這一件事，一定是的！

等等！「餐廳、老人、醫院」是一組才對……

教科書、同名同姓？

咦？教科書？是古玩古書店裡面，樓梯下書架最內側的那一套老舊醫學教科書嗎？稍早看到公孫子棋在移書櫃、找書。

嗯……

老人是賀老師的話，醫院的醫生、教科書作者都和賀老師同名同姓……

依照丈夫的推理方式「醫師、作者、老人」應該是圍繞著與賀官仲伯老師同名同姓的一群人。

我拿著鉛筆敲桌子：「『北門、槍擊、毛衣』的嫌疑犯是我老公？」

那，賀官仲伯老師和我丈夫涉及的案子有什麼關係？

「啊啊啊啊！搞不懂！」

煩死了！

我需要其他「有力證據」！

嗯……

喀！喀！喀！

抽屜中還有其他東西嗎？

我瞧瞧。

喀啦！喀啦！

我拿出一樣東西喃喃自語：「這是什麼？」

方形金屬框，一個門型把手……

這四個角落是螺絲，把手可以推拉……？

嘎吱！嘎！嘎吱！嘎！

這是什麼啊？還發出怪聲音。

我把它放回抽屜裡，繼續找證據。秤子、算盤、方紙、夾鏈袋……另一個抽屜呢？沒什麼特別的東西。最左邊的抽屜？也沒有什麼特別的東西。最右邊的抽屜……沒什麼特別的東西。

哎呀！

我打開原先的抽屜。

咦？還有一張紙？剛剛怎麼沒有看到？

嗯……

上面畫的東西是一個正方形加一條斜線……

拿斜的看，還是兩個三角形？

嗯，真像兩個三角形……

一個三角形中間寫北茜，另一個三角形中間空白。

北茜？北茜是誰啊？是女人嗎？還是罵人的髒話？

我感覺頭臉頸部發熱，手掌不由自主伸出手刀，有一種要揍人的感覺：「這是什麼鬼暗號？還是女人的名字？竟然藏在抽屜裡不讓老娘知道！」

我不自主低吼：「公孫仔！今．天．晚．上皮給我繃緊一點。」

（四）賀官仲伯

今天是除夕。

接近中午的時候，有人來敲我的房門：「賀官仲伯老先生，我是李副經理，上頭交代說要帶您下樓去吃飯。」

「喔！好。」我應答：「我知道了！快好了！」

我剛好梳洗完畢，換好衣服，穿上鞋襪。

飯店經理依然如往常帶我下樓，讓我坐在靠近櫃檯的桌子，招呼服務生為我準被午餐。

這時候，有一位似曾相似的女人靠近我。

我下意識想保護自己：「請問，妳是誰？」

她說話的聲音好小聲，我再問一次：「妳誰啊？」

她好像在自我介紹，可是我仍然想不起來她是誰。

她講話的速度好快，就像機關槍掃射一般快，我還沒有理解她在說什麼，她就已經講下一句。

說真的，我實在聽不懂她在說什麼。

後來，我看見小兒子走過來，我好高興！好久沒看到他了！

我忍不住激動：「這陣子，你跑到哪裡去了？」

兒子說了幾句話，可是我聽不懂。他彎下腰，拿著一張照片給我看，對著我的耳邊，問我認不認得。

我好開心：「呵呵呵！那是你，我當然認得！我當然認得自己的兒子！」

這時候，忽然有一群人坐到我這一桌，大概是因為沒有事先訂位，必須換桌吧！

反正我已經習慣了，零散的客人，或是沒有事先訂位的客人，都會讓服務生先安排來這一桌。每一次同桌看到形形色色的人，習慣了！習慣了！

過沒多久，有一位中年的派出所警官帶著兩位年輕的警察過來，警官說要請我吃飯。

「這怎麼好意思？警察先生，不妥啦！」我婉拒。

兒子彎下身子問我：「這裡有點擁擠，我們去包廂好嗎？」

我微笑點頭：「喔！好啊！我們走吧！」我奮力地用拐杖撐起身體。

當我準備要邁步走的時候，有一對漂亮的雙胞胎大姑娘伸手攙扶著我，讓我拄著拐杖，一起走到的後面的包廂。

到了包廂之後，那一對可愛的大姑娘還幫我搬椅子，拉出椅子要讓我坐下。

我稱讚她們：「謝謝！謝謝您！妳們長得漂亮，家教又好！」

她們以開心的笑容回應我，她們的笑容真甜！我家女孩子少女的時候，笑容也是這麼甜。

警官先生從公事包中拿出一疊照片和文件擺在桌子上，問我：「這上面的簽名是不是您的字？」

「是啊！怎麼了？」我不明白。

「老先生請看這幾張影印紙和照片，」警察先生攤開照片：「裡面註記的手術是不是你開的刀？」

我解釋：「病歷上面的簽名是我的名字，刀就是我開的。只是年代久遠，我對病患的印象不是很深刻。知道患者的名字，還要有病歷資料的配合，才能準確判斷病人的疾病現狀啊！」

警官緩緩地問我：「嗯，老先生，照片裡面那一位和他長得很像的人，您認識嗎？」

我搞不懂：「長很像我兒子的人？誰啊？」

「老先生，你不知道我在講誰嗎？」

「警官先生，你在講誰啊？」

警官指了指我兒子。

「我兒子長得像我兒子？什麼意思啊？」

警官沉默了一下，指了指兒子：「您上一次，多久之前見到他？」。

「這幾天吧！」我也伸手指了指我兒子：「喔！不！他一直在這裡。」

我不懂，為什麼警官先生一臉難以置信的驚訝表情？我兒子的反應倒是淡定，我感到很欣慰。

「兒子啊！你的定力進步了！」我感到很欣慰：「不再像以前那麼莽撞了！」。

突然，和我同桌的一位先生突然發怒：「你這個人怎麼胡說八道！」

他指指我兒子：「他是我兒子！你胡說什麼他是你兒子！」

我很驚訝！怎麼有人突然這麼生氣。我不想理會這個陌生人，我保持沉默。我想，他在忌妒吧！這年輕人明明是我的兒子！不論是身材、五官長相，都是我的兒子的樣子！嫉妒什麼呢？

「依照你的行醫的經驗，我有整容嗎？」兒子指著照片。

「照片中的人就是你，你就是照片中的人，有需要整容嗎？而且我從來沒有聽過你有整容啊！」

我追問：「為什麼這一個人一直說你是他的兒子？」

「這個嘛！一言難盡……」兒子笑笑。

本來我也想發怒，但是我一想到鶴子說過的話：「以德養身。」我就冷靜下來了，我深呼吸調整自己的情緒。

我乾脆沉默。

突然之間，有一位小姑娘霹靂啪啦，說得好快！生氣了，好像對著我說我的動作太慢。

我看見兒子在安撫她，要她不要生氣。

奇怪了！她長得一點也不像我的孫女。

兒子湊近問我說：「你知道老蔣治理的各種事件嗎？」

我好慚愧：「兒子啊！我過去一向只沈醉在內科免疫醫療和胸腔科的領域，對國家大事或新聞，你母親比我清楚。」

「那，你知不知道這些等待移植的器官和組織來自哪裡？」

「移植用的器官或組織嗎？我只是口頭提出手術上的需求，那些都是醫院準備的，我只希望能盡力救助患者。來自哪裡，這一部分不是我負責的，我不知道。」

這讓我想起幾年前那一天：

我才走進醫院，看見古弘銅院長迎面走來：「賀官醫師辛苦了！今天有兩個胸腔手術需要你的幫忙。」

我舉手比OK點頭：「好，我等一下就過去會議室。」

醫院新進十幾位護士，我實在搞不清楚她們誰是誰。手術房固定都會讓老手在，新手先觀摩。由於我沒有體力再帶領大批手術房護士，請院長委託三位醫師帶領手術房護士。我覺得我的技術都已經傳承了，這一次的手術，我發現持手術刀的**手漸漸不聽使喚**。我今天特別不舒服，手腕顫抖的狀況加劇。

「謝謝大家！辛苦了！」這是我每一次下手術臺必定說的話，也是下班之前必說的話。

「院長！我已經老了，能否讓我辭職回家？」我在院長室向古弘銅院長遞出辭職信請辭。

「賀官醫師！你引進的門診旁聽學習是非常好的培養人才方式，醫院還需要你栽培拉拔新人啊！」古弘銅院長持續說服我：「學校那邊，你不是繼續在教學嗎？」

「可是我的手，已經沒有辦法執刀了啊！」

「我知道。嗯，讓我想一下。」

古弘銅院長沉默半晌，緩緩開口：「賀官醫師！我仍然需要你的專長幫助。」

「老先生！老先生？」警官先生在叫我：「賀官仲伯老先生？」

我回神：「哦！」

「你還好嗎？」

「哦！還好！還好！」

「方便到派出所做筆錄嗎？」

「哦！好。」

我到了派出所。

我兒子看著我：「方便讓警察先生對你的手掌採樣嗎？」

「我不要。」我拒絕：「為什麼？」

「警方懷疑你和一連串命案有關係。」警官先生說。

「命案？什麼命案？」

警官先生講了幾位心臟衰竭的嫌疑犯和發現屍塊的事件。

「我們查到這幾位嫌疑犯生前曾經動過胸腔手術和截肢、接肢手術，我們懷疑是你開的刀。」

「我……」我選擇沉默。

警官先生溫和地問：「賀官仲伯老先生，這是你開的刀嗎？」

我繼續沉默。

「找一位律師吧！由律師幫忙。」兒子輕聲問我。

我看著兒子：「好！你幫我找吧！」

（五）公孫子棋

除夕這一天我們全家人來餐廳吃飯，以前除夕夜吃飯都在家裡煮來吃，很少到外面的餐廳吃飯，原因就是自己下廚煮菜有一番樂趣。

今年過年之前，媽媽卻臨時提議說：「想去餐廳吃飯，今天的午餐，全家人一起去大飯店的餐廳吃飯。」

大飯店附設的中式餐廳真得好棒，大飯店不只提供住宿，住宿的旅客能用餐。這一個餐廳很大，可以排下五十桌。我們沒有住宿要用餐，就要事先登記排隊，等大飯店通知是否還有多餘的位置。

電話鈴聲大響！

「公孫子棋去接電話！」

我接起電話之後，興奮地往屋子裡大喊：「位子訂到了！」

我們全家人到了滿漢全席餐廳，前所未見的環境、好熱鬧的人潮，讓我興奮：「哇塞！好大喔！好棒喔！」

「呆子外星人，你沒有住過大飯店嗎？」公孫梓琴瞇眼看我。

「這一家沒來過，總是會興奮嘛！」公孫梓書笑嘻嘻。

「說得也對！哪像某一對夫妻，上上星期自己跑出去約會，都不約我們三個。」公孫梓琴瞇眼往桌子那一邊看。

啊！對啦！對啦！

就是這個！就是這個！

我和公孫梓書完全認同啦！

「生妳們三個竟然揶揄我！」媽媽瞪我們：「至少不是兩人約會，有最小的當燈泡。」

「好羨慕！好羨慕小孩，我好想當小孩！」公孫梓琴仰頭哀嘆。

「妳們三個也是我的小孩啊！妳們幹嘛這麼聰明？」

「這個『小孩』和那個『小孩』的意思不一樣好嗎？不過，我們是媽媽生的，當然聰明囉！嘿嘿！」

「等一下！賀老師走出來了！」爸爸小聲地向媽媽說。

媽媽喜孜孜：「我去招呼他來和我們同桌一起吃飯吧！」

媽媽走到櫃檯旁邊的一張桌子上，向一位眉毛灰白灰白的老爺爺打招呼。可是，我看到老爺爺聽媽媽說了一會兒，就揮揮手搖頭拒絕。看起來，不論媽媽怎麼勸說，老爺爺就是不答應。

雖然我們聽不見遠距離的那一桌的講話內容，但是我們則是看得很清楚：媽媽不斷被老爺爺揮手拒絕。

「你們在這裡陪爺爺奶奶、照顧妹妹，爸爸過去那一桌一下，馬上回來。」爸爸拍拍我和公孫梓書的肩膀。

爸爸走過去到老爺爺身邊的時候，老爺爺好像十分驚訝。

爸爸在向老爺爺說話的時候，老爺爺反應是一直搖頭，只有看照片的時候才稍微點點頭。

過了一會兒，爸爸向我們招手，好像要我們去坐那一桌。公孫梓琴先跑過去看，她聽爸爸說了幾句話，也向我們招手。我們三胞胎坐在老爺爺的左手邊，接著是爺爺奶奶、爸爸媽媽，小妹坐在老爺爺的右手邊。坐定之後，爸爸介紹老爺爺給我們認識。老爺爺對我們微笑，媽媽卻急著和他說話。好笑的是老爺爺和媽媽說話好像雞同鴨講。

後來，甘泉所長伯伯、米斗實警官叔叔和另一位警官叔叔出現了，爸爸向他們打招呼。

爸爸轉頭向旁邊穿制服的先生招手：「請幫我們換到十人以上的包廂。」

我們換到單獨的一間房間，房間中間有一張大桌子，算一算有十張椅子，旁邊另外有幾張椅子疊在旁邊。

「哇！出菜了！」我想夾。

「要讓爺爺奶奶優先夾菜。」公孫梓琴瞪我。

「哥！等一下我幫你夾，好不好啊？」公孫梓書笑嘻嘻。

「才不要！妳會夾到自己嘴裡。」我扮鬼臉。

一道一道的菜都很不錯，當我們吃完十二道菜沒有多久，甘泉所長伯伯帶著兩個警察出現，不像是逮捕犯人，比較像是邀請老爺爺去哪裡……

「學長，不用去別處，在這裡談就好。」爸爸問甘泉所長伯伯：「那一本你不是帶著？子棋！子棋？公孫子棋！把剛剛移走的椅子，搬過來給甘泉伯伯。」

其他人自動移動椅子，我把剛剛移走的椅子搬回來到老爺爺身旁給甘泉所長伯伯坐，伯伯點頭示意，立刻坐下來。我自己則去旁邊搬了另一張椅子來坐。

「好吧！」甘泉所長伯伯拿影印紙問老爺爺：「賀官仲伯老先生，這幾張病歷的簽名，都是你簽名的嗎？」

「嗯……對。」賀官仲伯老爺爺緩慢回答。

「老先生，請看這幾張，你確定這幾張都是你簽名蓋章的嗎？」所長伯伯換另幾張。

「嗯，是我的簽名，沒錯。」

「這兩份都是你寫的記錄嗎？」

「是啊！怎麼了嗎？」

「這兩個病人的病況……」

「心臟衰竭嗎？」

「他們手術的狀況還記得嗎？」

「太多病患，記不完，都是依靠病歷。印象中只記得這一類病患容易有莫名的心悸，如果服用有心悸副作用的藥物，心悸會加重，伴隨呼吸困難。」

爺爺公孫松風雙手握住不常用的拐杖：「甘泉所長！請恕我插嘴。」爺爺挺直背脊面對甘泉所長伯伯，緩緩地說：「我兒子被當成嫌疑犯的事情，我聽說了！我兒子耳朵下面沒有痣，已經證明兇手不是我兒子。」

我想起來，爸爸和甘泉所長伯伯在何正箇家看監視錄影錄影的時候：

爸爸指著螢幕：「學長！你看那位長得像我的人，他的左耳下方有一顆痣，我的左耳下方沒有痣。要轉頭、抬頭才看得見那一顆痣，從遠處根本無從辨認痣，他的毛衣和我的毛衣雖然都是背心，風格一樣，顏色不一樣。」

「真的！可以從這一點洗清你的嫌疑。」甘泉所長伯伯肯定。

我爺爺公孫松風拄著拐杖：「父．母是我的根，祖．父．母是我父母親的根，曾．祖．父．母是祖父母的根，高．祖．父．母是曾祖父母的根，我是我兒子的根。所長大人，你要勇於向檢察官反駁。這樣一代傳一代，上一代永遠是下一代的根。雖然從唐山過臺灣之後，在馬關條約之前，我家世世代代是佃農；在日據時代，過日子也是務農。第二次世界大戰期間，人民莫名其妙地被硬生生地捲入戰爭！我辛苦工作這麼久，兒子卻被檢警誣賴，我不甘心！在任何時代，我都要捍衛我的家庭！」

甘泉所長伯伯微笑：「公孫老先生，我了解。請讓我來問。」

賀官仲伯爺爺一陣沉默，深呼吸：「鶴子也曾經向我說過類似的話，感動了我。我，我過去做的研究對人類恢復健康極為重要，讓人重獲工作能力，重返家庭……」

「請先讓我提問，」甘泉所長伯伯從公事包拿出一個資料夾，裡面有好多照片：「賀官仲伯老先生，這些照片中的縫合是您縫的嗎？」

「對……」

「照片中這些手術，是你做的決定嗎？」

「嗯，對。」

「老先生，是你決定要用這些活體處理手術嗎？」

「嗯！任何手術都是這樣用，才能延續患者的生命啊！」

甘泉所長伯伯和警察面面相覷。

公孫梓琴突然起立憤怒插話：「北京直立猿人是大家共同的根！」

「公孫梓琴，妳在幹嘛？」我拉公孫梓琴的袖子，小聲地問。

「梓琴！別激動！坐下來。」爸爸輕撫公孫梓琴的肩膀。

公孫梓琴握住雙拳怒：「貢高我慢，惹人討厭！」

爸爸對爺爺說了一些話，然後停頓了一下，繼續說：「冤冤相報，哪個世代才能終止？不應該延續上一代世仇的心態給下一代。十五年前，鶴子老太太往生的那一天，是不是發生什麼特別的事？」

「嗯，有一家醫院邀請我去協助主治醫師，當天我憑著醫師的使命感，為一位**車禍受傷的女子**動手術。」

「你知道那位女子是誰嗎？」

「不知道。我一心救治傷患，沒有仔細看帶著氧氣罩的她是誰。」

「傷患的名字呢？」

「很陌生，那是我不認識的名字。」

（六）甘泉

林泛舟警官向我報告：「所長！鑑識組比對荷仙家事件心臟衰竭死亡的兩位死者，除了胸腔手術，他們還有做其他的移植手術，身上的左手前臂和右腳掌手都來自這一推被丟棄的屍塊。移植手術的縫合技術非常高超，法醫有拍下這些照片，附在解剖報告中。」

我坐在派出所辦公室，以偵訊的理由找公孫善苑學弟來看看。

「沒有『戒斷症候群』……學弟！你看！這照片的縫線……」我翻開卷宗。

公孫善苑把手提袋中的三本書拿出來，把照片排好，打開書本，翻到貼著藍色書籤那幾頁給我對照。

公孫善苑看了一眼：「和縫胸腔的技術一樣精湛，也和這本教科書的圖片的風格很像……」

我雖然看不懂他說的風格是指什麼，但兩兩對照，手術痊癒之後的疤痕極小，真的是高超的技術。

我喃喃：「這手術……根本就是賀官仲伯醫師動的刀，你看警察查扣的移植手術病歷，」我翻開卷宗，指著一疊病歷：「賀官仲伯醫師他開的刀可多了！這一疊、那十箱，都是賀官仲伯醫師簽名的病歷。」

「學長！你有大會議室可以借用嗎？或是社區活動中心也可以。還有，這廿八枚指紋幫我驗一下。」

「指紋沒問題。你要會議室幹嘛？」

「排排看。」

我請學弟參與偵訊的過程，希望他站在觀察室觀看我偵訊的過程。

公孫善苑卻低頭翻閱病歷：「你去就好。」

小禮堂的地板全部清空用來擺病歷，米斗實警官在一旁幫忙。

「病歷的人名立牌排最前面，左邊綠色貼紙寫日期。直行是同一位病患，橫列是同一日期……」

偵訊完畢之後，我到小禮堂找公孫善苑。整個小禮堂地板排滿病歷，看起來賀官仲伯老先生是一位十分受人信賴的醫師，直行最前頭放一張白色圖畫紙，寫著患者的姓名。我數一數有十二張紅色西卡紙寫著患者的姓名，其中三位竟然是高之止、廖輔鈞和林木楓！賀官仲伯老先生為患者換心臟的事情是真的了。我走到紅紙旁邊低頭看，角落寫著「鑑識組已經確認指紋」，病歷內文有患者按壓的指紋。後來證實，一部分紅紙上的名字是屍塊的主人。

「所長！垃圾車找到的屍塊已經採下指紋，」林泛舟警官向我報告：「鑑識組把有指紋的病歷帶去核對，紅紙是目前確認三位死者、屍塊與病歷上指紋吻合。白紙的病歷，正由同仁詢問家屬。」

「這些病歷的患者，都有紀錄心臟手術？」我提問。

「沒有這一方面的紀錄，反倒是病歷最後看診的日期有問題。」

「什麼問題？」

「他們的失蹤日。」

「什麼意思？講清楚一點！」

「除了高之止、廖輔鈞和林木楓之外，九張紅紙的患者全數失蹤。」

「同仁們分頭找家屬來做筆錄，發現清一色是家屬不關心的街友，家屬根本不知道家人已經失蹤，連失去聯絡數個月甚至一年也不聞不問，一直到剛剛做筆錄才知道人已經死了。是不是還有受害人，目前正積極聯絡中。」

「所以是賀官仲伯醫師誘騙街友，迷昏之後支解殺人，再利用他們的器官肢體給別人？」

「有可能，需要再求證…」

「這個醫生真殘忍！一定要繩之以法！」

「我再去偵訊他！」我請同仁聯繫賀官仲伯老先生，我要徹底找出真相！

再次偵訊的時候，賀官仲伯老先生依然澄清肢體的來源是醫院負責，他只負責手術。清查賀官仲伯老先生經手的病歷，證實他沒有說謊。屍塊經過DNA比對，證實來自這十二位其中五位的肢體。死亡證明確認無誤，火葬證明書證明其他人已經火化，戶政事務所除籍過程沒有瑕疵。因此，只能從這五人的線索去追查。

過沒多久，林泛舟警官帶卷宗給我：「所長，這家醫院提供了經過家屬簽章的九份〈遺體器官提供醫院教學研究同意書〉證明垃圾車發現這五位的屍塊單純是醫院處理不當，醫院澄清沒有惡意棄屍之故意。依照〈醫療廢棄物清理法〉，可以請環保局開罰單，刑事案件上目前膠著。」

我強烈質疑：「為什麼那群家屬他們先前說不知道家人失蹤，現在說已經簽了同意書？」

「問了，他們的說法大同小異：

甲家屬抱怨：『爸爸頹廢到淪落為街友讓他們覺得很沒面子。』

乙家屬不齒：『有這種不負責任的丈夫，真是丟人現眼！不如趕出去。』

丙家屬憤慨：『弟弟？整天跑出去不見人影，一回家就是咆嘯。誰受得了他！』

丁家屬無奈：『他從少年起就學壞，常常不回家。現在有工作了，居無定所，也不和家人來往。』

戊家屬哭泣：『丈夫愛花天酒地，根本管不住他，淪落為街友，我們也很無奈啊！』

己家屬驚訝：『幾年沒聯絡，我們都以為他已經死了。』

庚家屬無視：『一個不孝的人，我願意幫他收屍已經不錯了！』

辛家屬不屑：『掙那麼一點點錢？哼！』

壬家屬嘆息：『過去幾十年無所事事跑出門不回家，現在淪為街友，是我們的責任嗎？』

癸家屬激動：『這種只愛自己玩樂，不管小孩生病、家人死活的人渣，我為什麼要在乎他？』

大部分家屬認為：『拖累家人的王八蛋去死吧！生前管不了他，現在人死了，簽〈教學研究同意書〉是希望做一點功德懺悔，替自己累積福德。』」

「他們不為家人積陰德？」我不懂。

「他們只有想到自己啦！」

我找公孫善苑學弟看看是否有新線索，他卻劈頭只問：「王八？忘八？寡廉鮮恥的意思嗎？家屬怎麼還知道要去簽〈遺體器官提供醫院教學研究同意書〉？是誰告訴他們這一種福利？」

我懷疑：「這和命案有關嗎？」

「不知道。」

「積福德也好，積陰德也罷。十位死者的家屬有志一同，真難得。」

「學弟的意思是？」

「沒什麼。學長，賀官仲伯老先生的測謊有通過嗎？」

「唉！全部通過。」我沮喪：「我想不通啊！」

「言歸正傳，賀官仲伯老先生面對偵訊的表現有異常嗎？」

「他三女兒賀官翠蓮陪同偵訊，還拿相關資料佐證，我完全看不出異常。」

「那就是證明賀官仲伯老先生沒有犯罪囉？」

「那是證明他沒有說謊，但是我不相信他沒有犯罪。」

「學長，你現在怎麼和吳犬楷檢察官懷疑我槍擊你的態度一致？是你該反省吧！」

「呃？是這樣嗎？」公孫善苑說得沒錯，是我該反省：「公孫老弟！你這邊……有進展嗎？」

「一點點。」

「真的？哪方面的？」

「嗯，大部分的病歷正常，其中嘛！夾的紅色貼紙的地方表示異常。」

「什麼事情異常？」

「**時間**。」

（七）柳子靛

我記得丈夫跟著發怒的甘泉所長離開家裡之後，沒多久三胞胎就回來了。

我滿肚子疑惑，公孫梓琴卻輕鬆地描述：「爸爸和甘泉伯伯離開派出所去查案子了。看起來發生奇怪的事件。」

「什麼奇怪的事件？」我有一點擔心。

公孫梓書雙手攤開聳聳肩，公孫子棋搔搔頭：「不太知道耶！只知道去看垃圾車。」有點呆樣。

公孫梓書歪著頭：「我們也不清楚。因為不能妨礙伯伯他們辦案，所以我們偷偷跟過去看。」用食指纏捲頭髮：「我們趁著警察叔叔離開里長辦公室之後，向里長禮貌地詢問一些問題。」

文衡里里長尚浩堂描述：「警察來看過監視器錄影，拍幾張照片就走了。搞不懂影像都已經這麼模糊了還拍照片。」

「也許有令人在意的重要線索。」公孫梓書討論之後，請求里長尚浩堂：「我們可以看一下嗎？」

「可以啊！」

尚浩堂里長用快速倒退撥放警察看的那一段，再以正常速度撥放：「很模糊，暫停也看不清楚是男是女，警察還問我這是什麼職業穿的衣服。這麼模糊實在看不出來。」

「誰會穿淺藍色淺綠色的衣服和褲子啊？」公孫梓琴提問。

「服務業吧？」公孫梓書猜。

「什麼行業需要大垃圾袋？」

公孫子棋插嘴：「各行各業都需要吧！」

公孫梓書反對：「不可能啦！只有人潮多，製造垃圾多的餐飲業才需要提大袋子到垃圾吧！」

「服裝店也有可能用大袋子垃圾，電器行的垃圾倒是比較少，幾乎是能再利用的零件。」

「服裝店的垃圾，」公孫梓琴質疑：「會沈重到需要兩個人一起抬來丟到垃圾車嗎？衣服的包裝袋是很輕的耶！我常常看到一人提兩大袋垃圾耶！電器行大多數的時候只有丟包裝材料吧？金屬類有特定的回收商會來載走。」

「那，餐飲業呢？小吃餐廳的垃圾常常很大一袋，裡面還會有廚餘水分，重量應該不輕……」

「嗯？有可能。我們回家實驗一下。謝謝里長叔叔！」

尚浩堂里長用微笑和三胞胎說再見。

「現在我們就要實驗一下，」公孫梓琴提議：「什麼樣的垃圾需要兩個人抬進垃圾車？」

我們在公孫堂古玩古書坊拿塑膠袋做實驗，用拆散的報紙計算廢紙重量，用衣服計算體積和重量，用書本和古玩計算家庭用品重量，也用一公斤的書本代表廚餘和家庭垃圾。地上擺著三個大籃子當假想的垃圾車車斗。

我撫著紙張：「標籤好了！貼紙貼好了！」讓三胞胎去做實驗。

「先從廚餘和家庭垃圾實驗起，」公孫子棋拿起裝垃圾放到磅秤上：「重量不重嘛！一隻手就搞定，很輕鬆就能丟過去。」丟到前方假想車斗。

「試試這大袋的廚餘和家庭垃圾，」公孫梓書拿起大袋放到磅秤上：「有點重量哦！一隻手提八公斤，丟得有點吃力。」碎紙掉了一些出來。

「哈！誰的家庭垃圾有這麼大包？」公孫梓琴不信：「開早餐店才有可能吧！而且一隻手甩垃圾袋，剛好把手抓的地方扯破。里長的監視錄影帶裡，垃圾沒有這麼大包，卻要兩個人一起丟，可見裝的東西更重。我們應該把垃圾裝成一樣大包，看看哪一包需要兩人一起抬才能丟吧！」

我讚賞大女兒公孫梓琴：「有道理！」

我看著三胞胎把許多東西分不同比例裝進箱子：紙張、書籍、磚頭、灌水氣球。各自抱著塑膠袋投擲到籃子，只有一袋需要兩人一起搬，不然一提袋子就破了，東西掉在地上，掉到地上的是磚頭。

「單獨磚頭太重，體積太小；衣服包著灌水氣球比較剛好。」公孫子棋計算：「什麼東西這樣的體積和重量？」

「雞？」公孫梓書舉手。

「豬肉呢？」公孫梓琴拿著幾個水袋比手畫腳：「豬肉重多了，體積比水袋小一些。唉喲！拿不穩！」

公孫子棋再計算：「因為肉類重心不穩搬運會晃動，如果只徒手搬運，至少要三手抓袋子的三個點，然後一起走路才能維持平衡，所以提兩袋就需要三個人了。」

「對啊！用推車搬運是最理想的呢！」

「甩到垃圾車內呢？這麼重會有重力吧？而且要控制袋子不能破掉……」

「我們三人一起抬兩袋，一人喊口令，投進去的時候一手扶袋子就好啦！抬好喔！一、二、三！甩出去！」

那個袋子順勢落到籃子裡。

碰！

「嘿！像這樣甩袋子投進去。哇！袋子在落入大籃子一瞬間就破了！」

「嗯！雖然沒有破很大，可是眼尖的人一眼就看出來破洞！袋子內容物這時候才被發現的吧！」

「嗯嗯！」

「這是餐廳丟出來的！」

「所以命案現場在餐廳？」

「妳們不要去命案現場！太可怕了！」我反對三胞胎太投入命案的事件之中，萬一歹徒在暗中窺伺注意到青少年關注命案，我們容易有生命危險。

「媽！別擔心啦！我們會有分寸的。」公孫梓琴過來抱著我。

公孫梓書也一起抱我，公孫子棋一直點頭表示認同：「安啦！安啦！」

我丈夫公孫善苑回來了，我靠過去探聽消息：「有什麼進展嗎？」

「賀官仲伯老先生平安。」我丈夫淡淡地一句。

怎麼回答這麼冷淡！「啊？我的意思是，賀老師看起來好嗎？」

「有他女兒陪著，沒事，平安沒事。」

「有罪嗎？」

「警方仍然在偵查階段，還不知道。」

「你不是跟著去查案子？」

「嗯！」

「查到什麼？」

公孫善苑眼睛看著公孫子棋做實驗的筆記：「不錯喔！很有趣的發現！」

「我在問你……」老娘我有發火的感覺：「查……」

「淡定！淡定！賀官仲伯老先生需要休息，我沒有繼續追問，妳也不用急著問。」

「好煩哪！」我猛抓頭髮：「那賀老師該怎麼辦？」

「現在需要更多證據證明他是否清白……」丈夫擊掌嚇我一跳：「對了！今天是除夕，我們全家人一起去吃飯吧！」

今天是除夕，我們一家人來滿漢全席餐廳吃飯，我不知道丈夫這麼細心，還是先預訂座位。訂桌的人好多，每一張桌子都立著一張「已訂位」的紙牌上寫著訂位者的名字。我家的訂位牌子在哪裡呢？我讓三胞胎和小女兒幫忙找座位。

不一會兒，小女兒在向大家揮手：「這裡！這裡！」手裡舉著桌牌：柳子靛闔家。

公孫梓琴調皮：「哦！真稀奇！爸爸竟然用媽媽的名字訂位！」

公孫子棋鬥嘴：「誰規定一定要用爸的名字？用誰的名字不是一樣？」

「你說什麼?!」

「我說什麼就是什麼！」

「到底在說什麼？」

「沒什麼！」

「我說爸爸難得用行動對媽媽表現貼心！」

「那跟用誰的名字訂位有什麼關係？」

「當然有關係！」

「根本沒關係！」

唉！一樣是我生的，他們倆一定要唱反調嗎？我一走到預定的座位，撇見隔壁臨近櫃檯旁邊的十人桌有個熟悉的身影，可是與我印象中的身影還要虛弱，需要拄著拐杖行走。那一位老先生，那是誰呢？我仔細一瞧，那不是賀官仲伯老師嗎？

我心裡好高興，滿懷期待地走過去，拉出賀官仲伯老師身旁右手邊的椅子坐下來：「賀老師！你是否願意和我的家人一起同桌吃飯呢？」我指向丈夫訂的桌、孩子們坐的地方：「我的座位在那一邊。」

「對不起！妳是誰？」老人卻疑惑。

「賀官仲伯老師！我是你的學生啊！我是你的學生柳子靛啊！」

「僧？和尚啊？不像啊！」賀官仲伯老先生：「什麼？留著點？喔！好！等一下我分一點給妳吃。經理先生，這位可憐的太太要我留一點菜給她吃……」

「我不是這個意思。」我急忙澄清：「賀老師！我們上一次才在這裡見過面啊！那時候老師在這裡寫大字呢！啊！還有，你好像快昏倒了，我丈夫和我一起扶著你。」

「哦！妳想在這餐廳裡吃飯，要我幫妳點菜嗎？真可憐！妳想吃什麼呢？啊！對了！經理先生可以幫妳點……經理先生！這一位可憐的太太要點菜。」

餐廳經理的目光看著我這裡，其他客人的眼光野望像這裡。我好尷尬！

「老師！我、我的意思是，」我拉高音量：「我想邀請你一．起．吃．飯。」

「一起吃飯？位子不夠嗎？這一桌沒有其他人坐。來，請坐！請坐！」

「老師！不是啦！我的意思是我家人坐在那一桌，」我手指指著右方：「和我們一起吃飯好嗎？」

「不要！我不認識妳！我想坐這裡！」

「好啦！拜託啦！和我們坐同一桌。」

老先生緊張大喊：「救命啊！救命！經理救命！」

頓時整間餐廳的客人目光全部望向我。

「賀老師！您誤會了！我不是……」

我看見丈夫公孫善苑走到我身邊：「靛子！」盯著我：「妳在做什麼？」

「我我、我在邀請賀老師和我們同桌吃飯，」我很沮喪：「賀老師不願意……」

「這一桌可以坐十個人，既然還有空位，我們全家坐過來不就好了？」

「對喔！我怎麼沒有想到！」

丈夫安撫賀官仲伯老師，我舉手招呼孩子們，請他們帶公公婆婆一起過來這一桌。小的和公孫子棋坐老師左右兩側，我要照顧小的，其他人陸陸續續入座。

我介紹：「老師！這是我的小女兒，你應該認得吧？你們曾經在這個中庭見過面的。」

我介紹家人：「賀老師，我是柳子靛，這位是我的公公婆婆、三胞胎女兒兒子，和我丈夫。」

「呵呵呵！好可愛喔！好可愛的小姑娘！」

大家向賀老師點頭致意。

「你們好……他是我兒子，妳不是我媳婦……」

「老師？你說什麼？」我嚇一跳：「賀老師，他是我丈夫，是我公公婆婆的兒子，怎麼是你兒子呢？」

「他是我兒子！妳不要胡說！」

「賀老師，不對吧！」我不自覺地稍微高亢：「你一定是哪裡弄錯了！糊塗了……」

「我的頭腦好得很！我沒有弄錯，也沒有老糊塗！他是我兒子！弄錯的是妳！」

我有點急了；「賀老師！你怎麼這麼固執己見，難以溝通？」

我向丈夫公孫善苑求救：「老公！你向賀老師說明一下，說你不是他兒子！」我丈夫卻只顧著和別人說話。

丈夫的聲音傳到我耳邊：「請幫我們換到十人以上的包廂，謝謝您！」

我心裡好急，丈夫卻催促我換到包廂。

我們換到包廂之後，丈夫抱著小的坐下來，左手從斜背包拿出一張照片，賀老師看著照片一直在點頭。賀老師一邊逗著小女兒，一邊開心地笑，小女兒也跟著哈哈笑。

我想繼續和賀官仲伯老師說話，可是丈夫公孫善苑卻阻止我：「讓警察先說。」我這時候才注意到甘泉所長和警察出現了。

為什麼賀老師把我當成陌生人？我實在搞不懂！賀老師到底發生什麼事了？突然之間，換我公公生氣了，向賀官仲伯老師辯論，還提到年輕時候的辛苦。

奇怪？丈夫拿一疊照片給賀老師做什麼？照片中不是那書架上的三本書的封面嗎？賀官仲伯老師卻一臉茫然……

我沒有心思去聽他們在辯論什麼，我著心裡想著書法班過去發生的事情。

我不懂，賀官仲伯老師怎麼會變成這樣？

韜四

（一）公孫子棋

過了元宵節還能來『滿漢全席餐廳』吃飯，讓我覺得好幸福。最奇怪的是店裡現在好冷清！現在不是營業時間嗎？怎麼一個客人都沒有？還是我們是這個時段唯一的客人？我一邊蹲廁所一邊思考，雖然不知道為什麼爸爸媽媽帶我們又來一次，這次是不是又要吃什麼好吃的？我已經準備好要大快朵頤了。

嗯？剛剛走進廁所之前，走廊牆上一長排畫作讓我以為這裡是畫廊，加上藝術燈由上往下照。哇！好有藝術氣息！而且連盆栽放在牆壁與肩膀齊高凹進去的地方，也是藝術燈往下照。哇塞！盆栽、畫作、盆栽、畫作、盆栽、畫作。啊！連廁所都掛著畫作，好想一直待在這麼有藝術氣息的地方。我記得上一次來這裡，廁所這一幅畫作旁邊的小卡片寫著：莫內〈睡蓮池〉。好眼熟的名字，廁所這一幅不是〈撐陽傘的女人〉嗎？我都沒有仔細欣賞，怎麼現在換成是一座橋？

我洗完手從廁所走出來，看見一幅女人撐洋傘的畫，原來在廁所那幅畫移到這裡，是我記錯了。

咦？對面藝術燈照耀的盆栽在旋轉，不對！它是整面牆在旋轉！

我看見一個深邃的空間往前延伸，真像是科幻片的太空船走廊。這一道走廊真是神奇！我一邊放慢腳步，一邊思考這裡是什麼地方。沒想到廚房外面鋪碎冰擺著生鮮海產的旁邊那一條走廊，除了旁邊的掛著畫作，兩幅畫作之間像櫃子凹進去的地方擺盆栽，這長長的一道牆壁竟然還有隱藏一道門。這是一道門很奇怪，除了凹進去擺盆栽的地方，其他整面都是平坦的，上下左右、中間，都沒有門把可以拉開門。依照我面對它的方向，我不知道它是怎麼打開的。我往右看，看到大家一邊在等我，也一邊東張西望。

我走向雙胞胎，問她們：「它是怎麼打開的？」

公孫梓書指著盆栽。

「嗯？欸？」

我往前仔細看，盆栽被往內移動一點點，盆栽底部前緣倚靠著一根從檯面凸起大約兩公分高的蒙塵銀色粗橢圓柱，銀柱前面剛好一道土砂線，柱子和盆栽前緣下方的銀色橫長條圖案剛好重疊，從遠處看，盆栽只是稍微變小，看不出柱子在哪裡。

「啊！那是什麼？」我指著銀色粗橢圓柱疑惑，中間一條細銀線閃閃發亮。

公孫梓書噗哧笑：「門閂啊！嘻！」

「門閂有這麼粗嗎？門閂不是橫向的嗎？」

「嘻！垂直的門閂加彈簧就像伸縮筆一樣。」

「怎麼拉開門閂？」

「盆栽開。」

「啊？嗯？」

「重量啦！真笨！」公孫梓琴用手指戳戳我的腦袋：「移走盆栽，門閂自動彈開。」

我瞪著公孫梓琴。

我看著這道門，感到很疑惑：「沒有把手，這麼重的門怎麼打得開？」

公孫梓書指著牆角斜倒一支D字型的金屬，那金屬頭尾各有一個手掌大的黑膠圓盤。

我提起沈重的D型金屬，感覺像鋁合金：「這東西能開門？」我更疑惑。

公孫梓書擺出出拳、收拳的動作。我問她：「妳在練跆拳道？」

「爸爸這樣把它握在手裡、放在牆壁上一拉，把牆壁拉開成一道門縫。」公孫梓書指著牆壁邊緣兩個圓形的痕跡：「那是高架地板吸盤的痕跡，吸住往外一拉，門就開了。」

「高架地板？那是什麼東西？」

「辦公室、電腦教室或工廠無塵室在用的啦！這樣各種電線就拉在地板下面像電纜地下化。」

「門縫在哪裡？我們來幾次都沒看見啊！」

「這面牆不是有好幾條垂直線？」

「那不是裝潢嗎？怎麼看不出來哪裡是門縫？」

爸爸爸看著我說：「那是視覺的偽裝技巧，當大部分線條是裝潢線，就不會去注意其中兩條是門縫。」

不知道是誰突然冒出一句話：「原來這裡是『北西滿漢全席大飯店』附設餐廳的背面！」

我們走進那裡面，狹長的走廊好乾淨！好整潔！空氣好清新！仔細分辨味道，空氣中有一股淡淡的消毒水味道。爸爸拿著手電筒走在前面，大家跟著他走。走廊的左邊牆壁有一道長長的大片玻璃，玻璃好像起霧般霧濛濛，我們從旁邊走過去，隱隱約約能看見裡面似乎有人影在走動，但是看不清楚人影的臉部。隔著霧狀的玻璃，有好幾個人穿戴著一身淺綠色的薄衣服和圓帽子，戴著淺綠口罩，只有眼睛露出來。其中幾個人的是穿淺藍色的薄衣服和圓帽子，戴著淺藍口罩。看來，淺藍色和淺綠色能減緩視覺疲勞是真的。

這裡有一個四方形窗戶是完全透明的，我能清楚看進去，我發現這間超大的房間裡面，有兩個會反射銀光的長方形大盒子，盒子上面幾乎蓋滿淺綠色的長布。在光芒之下，我看見一個人，他的眼睛炯炯有神，眉毛灰白，回頭望了我們這邊一眼。我看見他口罩下沒在動，自顧自走到房間的左邊。長方形盒子的正上方各有一個像會伸縮檯燈的超大炒菜鍋的鍋蓋，鍋蓋一抬高，底下萬丈光芒朝著我們照！一下子，鍋蓋拉左推前、再拉右、推一下下。萬丈光芒變成一片，綠色的長長大布變得更淺綠接近白色。

我好緊張，我的膝蓋不聽話，一直相撞。

我拉著爸爸的袖子，極小聲：「爸！那一個人是誰啊？」

爸爸回答：「教授。」

公孫梓琴和公孫梓書同時伸手嗚著我的嘴：「噓！別吵爸爸和甘泉伯伯他們辦案！」

我望著她們：「妳們的膝蓋有相撞嗎？」怎麼不同情我一下？

「噓！」她們一起豎食指，一起摀住我，我快不能呼吸了！

我的膝蓋還是不聽話。

隔著玻璃，我看見走廊右邊有兩道很暗的門。在兩道門中間的空間的暗處走出來一個人，是一位老爺爺。

媽媽看到老爺爺的時候，驚呼：「賀老師！賀官仲伯老師！你怎麼在這裡？」

賀官仲伯爺爺微笑：「我這一年以來，都住在這裡。」

「那一天在北茜餐廳遇到的老人真的是老師？」

賀官仲伯爺爺表情變得平靜：「是啊！但是我不敢認妳，因為活著很自卑。」

爸爸問餐廳李副經理：「老先生今天上午有吃幫助腦部血液循環的藥嗎？」

餐廳李副經理點頭：「有，已經連續吃幾天了，藥效會漸漸循環到腦部。所以之前老先生不認得人的狀況讓你們受到驚嚇，十分抱歉。」

「賀官仲伯老伯，你認得幫您的手臂動手術的醫生嗎？」我爸爸提問。

「不認得，沒有印象。怎麼了？」

爸爸往後面喊：「這樣啊！古醫師！古弘銅醫師！」

本來在那邊獨自忙碌的淺藍色衣服男人，不知道什麼時候已經走出金屬門，來到爸爸和甘泉所長伯伯面前。他拿下手術用口罩，我們才看清楚他的臉。他的臉好可怕，都是一道一道刀疤和一塊一塊的結痂，他的皺紋像似年紀好老。我不敢看，我躲在爸爸和媽媽的背後。

爸爸看著滿臉刀疤的男人，再問賀官仲伯爺爺：「是他幫您的手臂動手術的醫生嗎？」

賀官仲伯爺爺點點頭，微笑：「是啊！」

「你認識他嗎？」

賀官仲伯爺爺又點點頭：「我和他共事過。他是醫院的院長。」

媽媽的表情好像很驚訝。

「什麼時候共事過？」爸爸再探問。

「十幾年前吧！在隔壁街的醫院的時候。」

「更早的時候有嗎？」

「更早？」賀官仲伯爺爺搖搖頭。

「嗯，古弘銅醫師！不！教授！你該說出你是誰了吧？」
古弘銅醫師走近，面對賀官仲伯爺爺說話：「姊夫，是我，太。」
賀官仲伯爺爺十分驚訝！
「真的嗎？」爸爸提出疑問。
大家都感到疑惑，搞不清楚爸爸在說什麼。
「警方找到證據，」甘泉所長伯伯解釋：「我們在這張鈔票上驗到幾枚指紋，其中兩枚指紋吻合病歷上所留的指紋。」
賀官仲伯爺爺感到疑惑：「誰的指紋？」
「古弘銅院長的，他在戶政機關登錄的指紋，與中道太登錄在舊日本帝國陸軍臺灣軍的指紋相同。」
賀官仲伯爺爺驚訝地看著古弘銅醫師：「太？你？你不是古弘銅院長嗎？等等……你、你很像……是……中道太？你真的是中道太嗎？」賀官仲伯爺爺仔細端詳他的臉：「太，你、你沒有死在太平洋戰爭？」
中道太爺爺點點頭說：「沒有，姊夫，我沒有死。」
「那，可是，戰後你音訊全無，我們以為你已經……」
「臺灣光復之後，我隱居了。我留在臺北州，入籍當地，古弘銅這個名字是向戶政機關登記的名字，日本護照上依然是中道太。」中道太爺爺深吸一口氣：「我還知道姊夫你來臺灣之後，被迫做細菌戰研究。」
「你是怎麼知道我被強迫做生物細菌戰的事情？我只有告訴鶴子，沒有告訴其他人啊！」

「是姊姊寫信告訴我的，我找到你們之後，和姊姊持續通信。」

「我一點都不知道。」

「我們中道家，在太平洋戰爭期間，男人都是軍醫，女人是情報員。」

賀官仲伯爺爺在顫抖：「什麼！為什麼？」疑惑又緊張：「情報員？誰？」

「姊姊。」

「鶴子？」

中道太爺爺慎重地點頭肯定。

賀官仲伯爺爺在顫抖：「我怎麼不知道鶴子是情報員。」雙腳有點腳軟無力。

媽媽和公孫梓琴和公孫梓書趕緊攙扶著賀官仲伯爺爺讓他坐椅子上。

「爸爸、姊夫和我，都被舊日本軍強迫做醫學研究，不少軍醫也被強迫做奇怪的研究。」中道太爺爺顯得哀傷：「如果你知道細節的話，姊姊和你都會被舊日本軍殺死。」

「怎麼會這樣？」媽媽和公孫梓琴和公孫梓書異口同聲。我也覺得難以置信。

中道太爺爺繼續描述：「姊夫，你以前是不是常常寄信回去泉州？」

「是啊！這事情你也知道？」

「你的信件全部都被姊姊攔截、重寫、重寄，連郵戳都是姊姊偽造的。姊姊在煮飯的時候把原信件全部丟到爐灶裡燒掉了。」

「這這、這是為什麼？」賀官仲伯爺爺驚訝又不解。

「因為舊日本軍懷疑你是國民政府國民革命軍派來的間諜，國民革命軍懷疑你是舊日本軍的間諜。雙方都懷疑你是雙面諜，利用寫家書的機會傳遞情報，姊夫在泉州家的家人也全部被監視，在日本的家人也全部被監視。」

賀官仲伯爺爺嗚咽：「我、我一點都不知道……」

我媽媽也跟著掉眼淚。

「姊姊改寫信件，只寫對雙方報平安，完全刪掉其他內容。不然依照姊夫憨直的個性，兩邊家庭都會陷入危機。姊夫，你知道爸爸為什麼會瘸一條腿嗎？」

「中道泉院長他的腿不是出車禍撞斷的嗎？」

「呼！才不是！」中道太爺爺深呼吸：「是爸爸拒絕加入關東軍當軍醫少將，用苦肉計打斷自己的腿。如果他加入關東軍，我們就家破人亡了。上級看到爸爸不良於行，才把爸爸調到京都衛戍病院。」

賀官仲伯爺爺落淚：「啊……怎、怎麼是這樣！」媽媽和公孫梓書在安慰他。

中道太爺爺神情氣憤：「姊姊更不幸，她拿到護士和助產士雙證書的時候……」

我當時在京都衛戍病院實習，去院長室找爸爸。我經過院長室門口，院長室沒有關門，看到一位穿黑色風衣外套的男子拿出一份文件。

「中道泉，命令書在這裡。」他遞文件給爸爸。

「你們這樣稱呼長官？」

「接不接受命令書？」黑風衣男子不理會。

爸爸拆開信封，讀一下內容，瞪著男子厲聲：「要我領導神經毒氣研究？我。」

那一位傳達命令的黑風衣男人從腰間掏出一把槍，當著爸爸的面對姊姊開槍。子彈射中姊姊的腹部！她倒在地上哀號！

爸爸大吼：「你在做什麼？子彈已經貫穿她的肝臟。」

黑風衣男子冷血的看著爸爸：「你不答應的話，下一槍就是你了。」

那一天，我在院長室門口親眼目睹姊姊被槍擊的過程，我嚇到腿軟、不敢呼吸。」

爸爸被迫接受：「好吧！但是，我有條件：『必須先幫鶴子動手術，否則免談。』」

那一個兇狠的黑風衣男子猶豫了一下：「給你一星期的時間動手術。」然後丟下命令書就走了。

賀官仲伯爺爺顯得哀傷：「啊！鶴子！難怪鶴子有好幾個星期沒有來醫院，也沒有回我的信。我以為她變心，不理我了。」

我聽了心裡好難過，媽媽和公孫梓琴、公孫梓書在流眼淚。

中道太爺爺拉一張椅子坐下來：「爸爸在醫院裡面為姊姊動手術，術後恢復也在醫院裡。姊姊她完全沒有離開醫院。」

「原來如此，我誤會了。」賀官仲伯爺爺心情放鬆了。

「姊姊痊癒之後復職，剛好遇到姊夫向她求婚，她立刻就答應了。」

賀官仲伯爺爺急著問：「等等，那，鶴子被迫當特務間諜是什麼時候的事情？在哪裡出任務？」

「在你們剛結婚的時候，姊姊收到的命令就是就近監視姊夫。因為陸軍高層查出姊夫是留學生，畢業之後留在陸軍，高層懷疑你是故意留下來當間諜，希望透過姊姊查到證據。」

賀官仲伯爺爺驚訝：「什麼！我一點都不知道……」難過流淚。

「姊姊很聰明，沒有背叛姊夫，也沒有背叛國家，她將計就計，很巧妙地避開危機。」

「天哪！」賀官仲伯爺爺非常激動：「我都不知道她的處境這麼危險！」

媽媽和姊姊一直安慰賀官仲伯爺爺。我感覺膝蓋在互撞，我把爸爸抱得好緊，爸爸摸我的頭髮、握我的肩膀，我的心情暖了一些。

賀官仲伯爺爺深深吸了幾口氣之後關心：「那你呢？太，你做的是什麼研究？」

中道太爺爺嘆氣：「讓傷兵殘兵復活的研究，讓士兵可以重新回到戰場。」

「太！你是什麼時候被迫做這樣的事情？」

「姊夫！你記得廿七歲那一年，你喝令憲兵不准綁架年輕女子這件事情嗎？」

「記得啊！這是很久很久以前的事了。」

「那位憲兵排長就是拿命令書給我的人。他在我要進病院上班的時候，攔住我，遞給我命令書。」中道太爺爺握緊拳頭：「我看到命令書的內容的時候，十分震驚，我當下十分猶豫，不知道是否要接受命令書的命令。憲兵他們抓住我的妻子威脅我，我哀求。剛好姊夫經過，抓住他大罵，我害怕地躲開。謝謝姊夫鎮住憲兵救了我家！因此，我對天發誓，姊夫一家有難，我一定赴湯蹈火在所不辭。」

「原來如此。太，那你臉上的傷痕是怎麼回事？」賀官仲伯爺爺冷靜下來了。

「我臉上的疤痕，是在姊夫調到臺灣軍之後，舊日本軍懷疑我和姊夫串通當間諜，舊日本軍憲兵嚴厲拷問我而留下來的。其實，我全身都有嚴刑拷打留下來的疤痕。」

日本昭和十七年（西元一九四二年）秋季，京都衛戍病院地下室的某一間倉庫。

「中道太！賀官仲伯是不是支那派來的間諜？」黑風衣男人拿著鞭子問。

「如果我回答不是，你會放過他嗎？」中道太忍著剛剛鞭子打下造成的疼痛提問。

黑風衣男人的皮鞭硬生生抽下，大吼：「你沒資格提問！」

「呸！」

中道太一邊吐出口中的血，身上的內衣沾上血跡污漬，一邊想起那天從窗戶看見父親中道泉、姊夫賀官仲伯教訓憲兵的氣勢，回應：「我沒資格提問，那我有沒有資格說話？」中道太強忍著四肢和身體的疼痛，嚴厲質問：「你是軍人嗎？」

「是，又怎麼樣？」黑風衣男人不屑：「不是，又怎麼樣？」

「你忘記『富貴不能淫、貧賤不能移、威武不能屈』的武德嗎？」

「那是什麼？」黑風衣男人看都不看一眼：「能當飯吃嗎？」

「連軍人武德都不知道？你沒有讀書嗎？你的軍階呢？」

「少尉？怎麼樣？嚇到了嗎？」黑風衣男人靠近他大吼：「我是日本帝國少尉！」

中道太不為所動：「我的軍階是什麼？你知道嗎？」

「你的軍階關我屁事？更何況你現在沒有穿軍服。」黑風衣男人出示衣領上的徽章，手上拿著剛剛強行脫去的中道太的軍服揮動，把它丟到椅子上。

中道太看著黑風衣男人內側衣領：「所以你是憲兵少尉排長？」

「哦！猜對了！」憲兵少尉排長拿著皮手套用力甩中道太的臉頰。

啪！

憲兵少尉排長瞪大眼、貼近凝視中道太低吟：「嚇到了嗎？」

中道太咬著牙瞪回去：「你們憲兵看到長官都沒有先行禮，直接拷問？」然後嚴肅地低吼：「這是你們憲兵的教育嗎？」

「長官？你是長官？」憲兵少尉排長一臉不屑：「呵呵呵！呸！你的軍階明明是少尉，都縫在衣服上，還長官咧！」再吼：「騙我！」

「那麼，請您看看我軍服的上衣口袋裡面的東西，以及公事包裡面的東西。」

「口袋裡什麼東西？」憲兵少尉排長散漫地命令憲兵中士一邊搜中道太的上衣口袋，一邊檢查公事包。

憲兵中士遞給憲兵少尉排長一樣東西。

憲兵少尉排長疑惑地瞄一眼：「這是什麼？」然後瞪大雙眼、冒冷汗。

「我現在的軍階和名牌。」

憲兵少尉排長低頭：「軍醫少佐……怎、怎、怎麼可能！」看著憲兵中士遞過來的人事令：即日起生效。

「怎麼這麼過份！虐待人！」公孫梓琴低吼，用力握住木刀。

「當下，他們立刻放了我。本來，我想拿配槍直接射殺那位憲兵少尉排長。但是，我想起姊姊常常說的話：『和我們在同一個國家出生的軍人，並不都是我們的敵人，所有身不由己的軍人也是如此，他們是保護百姓的同胞；不同國家的軍人也是如此。太！你要諒解他們的處境。』我曾經很氣憤：『應該要保護百姓的軍人會不斷地誘騙、強迫無辜的人民上戰場嗎？而且還是侵略別人的國家！日本軍他們殺的是和日本無怨無仇的他國平民啊！』」中道太爺爺繼續說：「可是，姊姊卻阻止我繼續再說下去。昭和十七年，我一升上少佐，舊日本軍立刻把我調到臺北州，命令我繼續傷兵復原不死的研究。可能我的巧手是遺傳自父親吧！在日以繼夜為受傷的士兵動手術之下，我的外科手術技術愈來愈熟練，縫線技術使傷口愈來愈細小，甚至要替內科軍醫為傷亡士兵動換內臟的手術。第二次世界大戰期間，人民普遍困苦，醫藥缺乏，生病缺乏醫生的救治。戰爭結束、臺灣光復之後，我不想回去日本，想繼續在民間行醫。我掩飾身分，利用被酷刑所毀的容貌變造另一個身分。然後，以假造履歷去別的醫院應徵醫生，一邊門診，一邊探聽姊夫你們的消息。那時候，聽說有人已經解開天狗熱病毒感染的發病模式，也研究出如何照顧病患讓他們痊癒。我猜，那個人應該是姊夫你，我問了很多人，但是都沒有人知道那一位醫生的姓名和住所。我在台北州執業的時候，有一天，有一位病患向我借米糧度日。我從陪他和家屬身上聽到你的消息：『聽說神刀醫師在臺南州，你去給他看，保證醫得好！可惜仁德太遠。』我的直覺告訴我那是你，我很激動。費盡千辛萬苦得知你們在鄉間開了一家私人療養院，專門照顧天狗熱和瘋癲病的患者。為了確認是你們，我喬裝成病人去門診，默默觀察，終於發現是姊姊和姊夫一家人。」

賀官仲伯爺爺欲言又止。

「姊夫的內外科手術技術比我更精湛！年輕的時候，在京都已經遠近馳名，救回非常多的病患。」

「甘泉學長，你看！神刀醫師有兩位，」爸爸看著甘泉所長伯伯：「不是只有你查到的賀官仲伯老先生一位，而且老先生對荷仙家命案這兩位死者的狀況是用醫療經驗猜的，沒有完全說對。學長查到醫院在讓他辦退休之後，是否讓他回來醫院悄悄執業，結果醫院的紀錄是有，國稅局的記錄卻沒有。薪資帳戶的後續匯款應該是中道太個人想回饋賀官仲伯一家人才匯款的。」

爸爸轉頭看著賀官仲伯爺爺：「顯而易見，賀官仲伯老先生說謊。為什麼說謊？是不是在包庇什麼人？」

賀官仲伯爺爺繼續沉默。

爸爸拿起一張照片，照片上是一個藥袋：「警方沒有找到老先生目前的用藥記錄，我剛剛看到李副經理拿藥給賀官仲伯老先生吃的時候，注意到賀官仲伯老先生的藥袋，發現是帕金森氏症的藥。」

爸爸拿出幾張像病歷的影印紙：「賀官仲伯老先生曾經多次被利用去為心臟手術執刀，並留下記錄，由於醫療紀錄只保留十年，警方查到的都是以賀官仲伯醫師為名義為病患動手術記錄，所以我懷疑是否真的是賀官仲伯老先生所為。法醫檢查到死在荷仙家命案的死者兩具大體，器官移植的縫合技術精湛，傷口癒合之後，幾乎看不到痕跡。我推斷，胸腔手術和四肢接肢手術是中道太醫師做的；胸腔縫合手術是中道太院長指導他人操刀的，四肢縫合也是別人做的。做完手術之後，患者穿著彈力衣壓著皮膚，防止肉芽增長，讓傷口的疤痕變得更平坦。」

「公孫先生，你、你怎麼知道我曾經是執手術刀的醫生？」賀官仲伯爺爺問爸爸。

爸爸對賀官仲伯爺爺緩緩地說：「我本來也是懷疑是荷仙家命案這兩人是您操刀，可是比對檔案照片發現縫合傷口的風格卻不一樣。昭和年間的京都神醫的縫合照片，我本來以為要去京都才找得到。沒想到，臺灣軍遺留不少文獻資料介紹京都神醫，保存在府城總圖書館。不但讓我找到了，也查到京都神醫在臺南州的行醫事蹟。我還特地放大翻拍當時的照片觀察，發現縫合傷口的精密程度有點不同：一樣的傷口，賀官仲伯老先生縫針的數量是中道太院長縫針的一倍半至兩倍，而且用針更細。不論縫針的位置在哪裡，從檔案照片看來，也是一樣。因此，我確定賀官仲伯老先生就是京都來的神刀神醫。」

爸爸換指著一張照片：「當我拿別人手術縫針的照片給賀官仲伯老先生看，他讚賞說：『縫得真好。』拿他們倆手術縫針的照片對照，他卻說：『不予置評。』為什麼說不予置評？原因就出現在十年前的一次重大車禍，對吧？賀官仲伯老先生？那一個車禍，就是賀官仲伯老先生退休，不願意再接觸執刀動手術的關鍵原因。」

賀官仲伯爺爺嘆氣：「沒錯！自從十五年前內人鶴子往生之後五年，老么賀制島浪蕩、出車禍送進手術室，我的手一拿到手術刀就會顫抖不已。雖然是賀制島第一次車禍，可是他傷透我的心，所以我把執刀的任務交給其他醫師，退出手術。從那一天起，我便考慮退休。一直到今天，我已經不當醫生十年了。為了穩定自己的思緒，我重拾練書法的興趣，專注在書法的世界裡……」

一九八一年，中道太院長拜託我：「賀官醫師！我仍然需要你的專長幫助。以後你就專職門診，手術就交給其他醫師吧！」

「可是……」我猶豫。

中道太院長認為：「賀官醫師你老當益壯，就照這樣進行吧！」

那一天回家之後，我詢問孩子們的意見：「我該繼續看診嗎？」

他們也有熱烈的討論。

長女賀官荷子：「看診能讓爸爸思考，有益身心，應該繼續啊！」

次女賀官蘭子：「在醫院走動、爬樓梯，鍛鍊身體不錯啊！」

長子賀官晉詢問：「還是爸爸想就近開診所？」

次子賀官曜反對：「在醫院，醫生護士幫手多，不必為人事煩惱，開診所必須樣樣自己來。」

三女賀官翠蓮點頭同意荷子和蘭子的意見：「我們可以輪流陪爸爸去醫院，如果體力無法負荷，爸爸一週看一個半天門診或兩個半天門診就好。」

我回到醫院，我向院長表達我的意願：「孩子們這麼相信我，我應該繼續才對。院長！那就減少門診量，讓給新人看診吧！把我的診規劃在星期三早上。」

學校的教學，我也打算減少至三堂課就好，集中在星期一的早上，就算現在兩班共一百多個學生，頂多把課程從教室換到多媒體階梯教室進行，還有更大的黑板可以使用。其他的時間，我打算教書法，輕鬆地教書法。

我在家裡練毛筆字的那一天，兒子媳婦都去上班，孫子去上學，三女婿正好出差，三女兒賀官翠蓮帶著年幼的外孫來看我。

我在客廳的大茶几鋪平宣紙、磨好墨，開始練字。

我猶豫：「翠蓮啊！我想……」

「爸！你想繼續練字？」三女賀官翠蓮剛好端茶到小茶几上：「也可以去開書法班教書法啊！轉換一下心情，不用一直沈浸在醫學的思惟裡面。」

「真的嗎？」

我以前怎麼都沒有想過？

「翠蓮啊！可是要教誰呢？」我忐忑不安。

「爸！這樣好了，我請大哥幫你設計招生廣告，租教室教課的事情，我幫你找。」

過沒有多久，賀官晉就把招生廣告製作好了，賀官翠蓮找到了西區一處社區活動中心的一個角落卅坪空間當教室，只要付給管理員每個月新臺幣一千元的租金，十分便宜。只是，租借的唯一條件是，遇到婚禮喜宴需要我當教室的空間的時候，我必須把空間讓出來給婚禮優先使用。

以臺南府城當地的習俗，起初我以為婚禮喜慶宴客都會在晚上或假日半天，而有的書法班學生少，空間也用不了那麼大。事實上，因為喜宴需要看良辰吉時辦理，所以早午晚都有機會遇到喜宴。

書法班起初開星期三下午一班，星期五下午一班，都是下午兩點到四點。隨著書法班的學生增加，租借社區活動中心辦喜宴的新人越來越多，我的書法班只能教到下午三點。因此，我只好把書法班的時間改成，星期二、星期四、星期五的下午一點到三點。

為了調整體力，我模仿學校的作法，書法班也選了一位班長和一位副班長，請他們當小老師，幫忙採購文房四寶。如果書法實力夠強的同學，也可以當小老師，幫忙教同學運筆。

我甚至鼓勵書法班的同學四處去參加比賽，練字兼顧練經驗。

後來有同學建議把書法班加開上午班，讓買菜族的婦女們早上來學書法，星期三下午開一班讓下午沒有上課的學生來學書法，上午班的媽媽們來這一班當義工顧小孩。

我的女兒們全部贊成著個提議，兒子們卻反對開著麼多班：「爸爸又不是超人，要有休息時間啦！」

「那要怎麼辦？」我問兒子女兒。

「爸！學校那邊就請辭退休吧！要批改一百多名學生的作業，很耗體力耶！」有教學經驗的長子賀官晉和長女賀官荷子優先反對。

「唉！說得也有道理。」

「醫院那邊看診人數太多了，一個早上快一百名患者。爸！醫院那邊也辭職吧！」

「這……」

三女賀官翠蓮提議：「不然就減一半的病患給同科的醫生，或是看診時間縮減成上午十點至十二點。這樣子，兼顧醫病關係、興趣和責任兼顧。」

「如何？」

「爸！這個主意很好！你就考慮考慮吧！」

隨後，我接納孩子們的提議，請學校那邊核准我的辭呈，請院長批准把我的上午診縮減成兩個小時。結果，學校准許了，院長卻不同意。

「賀官醫師，」中道太院長和我討論：「這樣子好了！電話掛號的系統，我請負責部門縮減可以掛號的數量，相對地減少門診病患人數，現場掛號也限制一點點名額。」

我疑問：「這樣就減一半的看診量嗎？」

「這，不一定。因為資深醫師或老醫師容易受患者信賴，所以門診量很難降下來。考慮到賀官醫師的體力和患者的需求，從掛號系統修改，是最好的辦法。」

「這……嗯嗯……」

「先試行一陣子看看。」

試行第一個月，病患抱怨連連，說掛號這麼難，想換醫院看病，結果隔週還是跑回來我的門診。試行的結果，人數根本沒減少多少，反而是我看診到中午延續到下午。

我決定還是改回上午原時段看診，看完病人，才不會拖太晚。

書法班好控制，額滿就不收學生，不會擠破頭。最後，我決定乾脆離職，專心經營書法班，不再過問醫院的事情。

就這樣，書法班一辦辦好幾年，依照學員的要求，我開設成年班、兒童班、少年班，班班爆滿。這讓我老年的心，有一個新的寄託。

我很欣慰這麼多人來學書法，這也意味著，我需要更多人來幫我帶這群孩子們。還好，那時候專業班有幾位已經當媽媽的同學願意幫我忙，否則真的忙不過來。尤其是班長柳子靛對我的幫助最大，分擔初學者的教學工作，讓我省力不少。

「書法班是賀老師退休隱居用的……」媽媽的語氣好哀傷。

「等等！」甘泉所長伯伯打岔提問：「你要求驗的指紋是賀官仲伯醫師的。」

爸爸篤定：「沒錯！古玩古書坊的舊教科書佈滿賀官仲伯老先生的指紋。而且奇怪的地方是：這三本書送來公孫堂的時間點是老先生的公祭之後，送來的人竟然是古勤老先生。人死後要整理清除遺物看似正常，由古勤老先生送來就不正常。」

「為什麼？」

「古勤老先生根本不認識賀官仲伯老先生，他卻說是親戚拿給他賣掉的。」

「那位親戚是誰？」

「我猜是中道太。」

中道太爺爺點點頭承認。

「既然縫合不是賀官仲伯老先生動手的，那麼肢體移植之後，沒用的部分呢？誰指揮丟棄？」

「是我。」中道太爺爺自首。

「丟棄到哪裡？直接丟棄到垃圾車嗎？我們警方在垃圾車找到的屍塊就是醫院丟的嗎？」

「對！」

爸爸指出盲點：「這條走廊的監視錄影證明有人送出垃圾，卻不知道身份。」

「餐廳廚房的員工沒有殺人棄屍嗎？」甘泉所長伯伯質疑：「為什麼廚房沒有魯米諾反應啊!?」

「沒有，處理屍塊的地點不是廚房？是醫院！處理的人是醫師！是**某人**以加薪水的方式要求幫忙丟垃圾袋的員工保密，或者員工根本不知道自己協助丟屍塊。學長，你知道為什麼會發現屍塊嗎？」

「垃圾車發現長蛆的屍塊啊！」

「原來如此……以前為什麼沒有發現屍塊？」

「這是第一次丟？不對啊！公孫老弟！從三位死者的病歷來看，手術時間是半年前了。」

「不是，學長，是以前沒有廚餘，只有垃圾，所以沒有人會發現。」

「餐廳怎麼沒有廚餘？」

「因為他們用特殊方法把廚餘變成飼料，飼料餵鳥類吃掉了。」

「什麼方法？什麼鳥類？」

「就是這個，從廚房拿來的。」不知何時，爸爸手中拿著一個麻布袋，他伸手抓起一把東西放在白鐵推車的上。

「蛆？」大家幾乎受到驚嚇。

「這不是蛆，是黑水虻。看清楚！牠們長得一點也不像蛆。五百公克的黑水虻，在五小時之內就能分解五公斤的廚餘和糞便。黑水虻的顏色黑、口器小、尾部平、環節清晰，養肥之後是餵雞的好飼料；蛆的顏色白、口器小、尾部尖、環節不明顯，專門吃腐肉。為了不讓麗蠅、肉蠅飛到腐肉上產卵，有人用火處理過肉塊，然後把它埋進桶子裡、撒上黑水虻幼蟲和一層厚厚木屑，讓人看不出桶子裡裝什麼。分解完成之後，用篩子篩掉木屑，黑水虻全部裝袋拿去餵雞，骨頭和木屑當垃圾丟掉。」

「等一下學弟！」甘泉所長伯伯疑惑：「我們在垃圾車看到的不是只有蛆嗎？」

「還有木屑。剛剛從卵孵化成小蟲子的黑水虻幼蟲和蛆幼蟲的顏色相近，所以我也一時誤判。可是當我看到鑑識組拍的照片，卻注意到沾在屍塊上的菜葉和糞便不見了，黏在上頭的幼蟲顏色變深，而且我在廚房隔壁、擺設監視錄影機的房間發現好幾隻羽化之後的黑水虻，我才注意到那不是蛆。」

「有人企圖毀屍滅跡！」

「對！只是其他人以為那是廚餘。為什麼要丟廚餘？因為餐廳菜園的推肥已經夠用，剛好垃圾車要來了，順便丟掉。可是，要丟垃圾何必特地找人丟？自己拿出去不就好了？因為怕被某人發現，所以改找一群人丟垃圾，而且那一位某人還必須能從餐廳這一邊開隱藏門。從餐廳的監視器看卻看不到這一段錄影，只有看到：突然出現深邃無底走廊有人拿著垃圾袋走出來，然後走道餐廳的位置有一到黑影出現一瞬間。從倒帶停格的畫面看不出他們走出來是否有提東西，黑影出現之後隱隱約約看得出提東西。」爸爸拿出幾張拍垃圾車的照片：「警方事後去檢查垃圾袋，竟然只有一個人的指紋，剛好是其中一位餐廳服務生的。為什麼只有一個人的指紋？因為他不知道自己從廚房丟出來的垃圾是什麼東西。為什麼丟垃圾棄屍的餐廳員工沒有人承認？因為是那一群人借穿餐廳的制服，他們是深邃蟲洞長廊裡走來的人——醫院的員工。」

甘泉所長伯伯點點頭：「我的同仁偵訊過他們，他們也承認了，只是不知道自己丟的垃圾是屍塊，以為是餐廳的廚餘。」

甘泉所長伯伯突然想到：「等一下！要丟棄那些屍塊……那一條蟲洞長廊是怎麼辦到的？」

爸爸淡定地往入口看：「各位現在往外看，請問看到什麼？」

大家順著走廊看過去：「看到……餐廳的餐桌啊！」

「從這裡往後看，是不應該看到餐廳的餐桌。」

爸爸走過去，伸手，餐廳的餐桌竟然會浮動。

「啊！果然是蟲洞……」米斗實警官叔叔大叫。

餐廳的桌子和名畫跟著浮動。

「等、等一下！那裡是廁所！」

我們一群人奔跑到外面。

「蟲、蟲洞呢？」

「在這裡。」

「啊！有兩個爸爸？」我叫出來：「一個站在我們正前方，看著我們，另一個是側面……」

正前方一直延伸，真的是蟲洞……

「依據黑洞理論，黑洞會吸進任何物質，光會扭曲；黑洞纏繞產生的蟲洞，則是相通兩個地點的隧道。問題是，肉眼看得見黑洞嗎？人一靠近就被吸進去，哪裡能自由進出？因此，丟屍塊的那群人能自由進出就不合理。這一定是一般的走廊而已。」

爸爸和爺爺們走向太空艙般的走廊回醫院，繼續談。

甘泉所長伯伯疑問：「那，那些垃圾袋的屍塊是做什麼用的？」

「這和失蹤的兇手有關係。」爸爸淡定地回答。

「兇手？誰啊！」

爸爸拿出一張照片，這是從監視錄影翻拍的照片。照片裡的人和爸爸長得一模一樣。最明顯的地方是，他耳朵下面有一顆大痣。

「公孫先生來找我談書的事情，我對他與賀制島長得像，突然覺得應該想辦法延續發生第二次車禍的賀制島的生命。」賀官仲伯爺爺緩緩地說：「因此，我決定犧牲自己配合手術幫忙賀制島還債。」

甘泉所長伯伯疑惑：「啊？我搞糊塗了！賀官仲伯老先生！您上上星期還堅持公孫善苑就是你兒子，為什麼現在卻明確表示你兒子已經不在了？還有，賀制島是誰啊？」

「賀官仲伯老先生的么子。」爸爸嚴肅：「喪親之痛，極少有人能立刻接受自己的親人已經離開人間。就算心裡接受這一個事實，短時間之內也不會立刻在外人面前說，因為觸景傷情啊！」

「可是，老先生也沒有必要對警方說謊啊！」米斗實警官叔叔大聲說。

爸爸繼續說：「老先生他通過測謊，而且善意的謊言不是惡意說謊。在我翻拍的照片中，痣很明顯，賀官仲伯老先生沒有認錯人，故意把我和照片中的人當成是同一人。賀官仲伯老先生雖然有輕微的失智，賀制島受傷的重大刺激讓他加重症狀，但是在定時服藥之下，賀官仲伯老先生對於親人的記憶仍然存在。」

「公孫老弟，你怎麼知道賀官仲伯的記憶仍然存在？」
「因為我用迂迴探問的方式，詢問他對書法班、行醫和家人的記憶。我發現只要提到特定的人事物，尤其是賀制島，賀官仲伯老先生就會迴避。不過，他與我內人講話就不是迴避，而是老人家的聽力稍差，以及理解力趕不上壯年人、年輕人的速度，所以出現雞同鴨講的狀況。」
賀官仲伯爺爺長嘆一口氣：「動完手術之後在休養生息的那幾天，我在餐廳練字之餘，突然想出去散步。不巧遇到以前書法班的熱心班長柳子靛，我很害怕洩漏么子賀制島的祕密，所以裝作不認識。沒多久，重傷的老么因為手術得宜，活了過來……」
爸爸拿著照片：「槍擊所長的人是賀官仲伯老先生的么子賀制島，我來說賀制島重傷的原因。」
甘泉所長遭到槍擊的那一天，公孫善苑和長女公孫梓琴正在好順鳳建設公司幫張堡壘董事長安神位完畢，坐下來和張堡壘董事長閒聊。三個人在董事長室，突然聽到外面的辦公室有女子的尖叫聲。
張堡壘董事長驚異：「怎麼了？」
「爸！有一位長得很像你的陌生人走進辦公室來了。」公孫梓琴指了指辦公室的方向。公孫梓琴往門內側面站，陌生人似乎沒有看見她。
陌生人一走到董事長室的門口，斜肩靠在門邊，晃了晃手中的左輪手槍：「張董，我來收錢了……」
「你，昨天不是才來過？」張堡壘董事長憤怒。
陌生人冷笑環視：「有訪客？」突然尖叫：「啊！我的手好痛！」

陌生人手中的手槍已經被木刀掃落，公孫善苑把槍踢到董事長桌的桌底。

「張兄！報警！」公孫善苑對陌生人過肩摔，膝蓋頂住陌生人，握緊拳頭：「你是誰？報上名字！」

「賀……不知道！」陌生人掙扎。

公孫梓琴的木刀正要指向陌生人的脖子，陌生人突然挺身掙扎，側滾、起身逃出辦公室。

張堡壘董事長咬牙切齒：「我報警了！」

「這動作，是海軍陸戰隊退役的嗎？」公孫善苑起身：「跟過去！」

嘰！碰！

一群人追陌生人到大門口的時候，陌生人已經倒在血泊之中。一旁的貨車因為緊急剎車，已經撞倒一排摩托車。

爸爸繼續說：「二月初左右，我和妻子來我們所在北西滿漢全席餐廳，我從走廊要去廁所的途中，偶然間看到無底走廊旁邊的展示櫃，擺了一些肉品。仔細看這些帶皮的肉品，竟然有縫線。縫線的針縫方式，讓我想到一本醫學教科書，教科書有附上作者的姓名和照片。在走出餐廳的時候，竟然遇到那一本教科書的作者在餐廳吃飯。於是我向他打招呼，並確認他是否寫那一本過教科書。

「老先生猶豫了一下，馬上就點頭承認了。」

賀官仲伯爺爺驚訝：「原來如此！我本來猶豫了一下，想拒絕，可是你強調只對教科書有興趣，想詢問書本的內容。不愧是公孫先生。」

爸爸繼續：「我判斷，沒有執刀的經驗，不可能寫出那樣的教科書。我在當下只是想確認老先生是不是書的作者，不是向他詢問醫療相關經驗。我和賀官仲伯老先生約定請教問題的時間和地點，我也依約來北西滿漢全席餐廳，讓全家人聚餐，我則是單獨向賀官仲伯老先生請教問題，拿從教科書翻拍的封面、版權頁、內頁照片給他看。我查到十年前，賀制島先生騎摩托車飆車造成第一次車禍，造成他自己一手一足殘廢。賀制島先生自暴自棄的時候，賀官仲伯老先生因為手顫抖無法持刀為他動手術。我說得沒錯吧？」

「沒有錯！因為小賀出車禍，我十分緊張，無法克制顫抖的手為他開刀。」

「因此，賀官仲伯老先生請求中道太院長動肢體移植手術。手術結果非常成功，那時候甚至登上新聞頭版，連續報導好幾天，甚至有深度專訪，登出賀制島與中道太院長的合照，以及局部縫合照片。後來，中道太院長認為要低調，所以不再接受媒體訪問，新聞漸漸被淡忘，醫院的高超醫術名聲卻遠播，在坊間口耳相傳。這一次的車禍並沒有帶給賀制島教訓，因為他浪蕩習慣了，又迷上賭博，欠下大筆債務。」

賀官仲伯爺爺嘆氣：「除夕前一個多月，小賀找我，希望我幫他償清債務，我不答應。那時候，我實在太傷心，下班的時候過馬路跌倒，摩托車輾過我的右手，造成右前臂和手掌粉碎性骨折。太幫我動緊急手術，換了人工關節和骨骼，部分皮膚清創、縫上新皮膚，手掌換關節。我想，這是我最後一次對人生感到迷惘，從此死而無憾。因此，我決定幫忙老么。我請老么小賀幫我偽裝成度假，安排我到醫院背面的那一棟大飯店居住。並以車禍死亡的名義，請院長開立死亡證明，再到戶政事務所申請除籍，並向保險公司申請到死亡給付。過沒有多久，我的保險死亡給付就核發下來了。小賀食髓知味，為了償還大批債物，突發奇想，想到藉由販賣毒品賺取暴利的方式，以及介紹肢體受傷殘缺不全的人做肢體移植手術，賺取仲介費用，藉由這些收入償還債務。」

「小賀賀制島更模仿詐死騙取死亡給付保險金的方式，鼓吹他人依樣詐騙。」

連員警都聽不下去：「嘩！這麼過分！」

爸爸轉向看著中道太爺爺：「動移植手術需要完好無損的肢體，肢體從哪裡來？賀制島把歪腦筋動到流浪者身上，想利用他們的肢體讓中道太院長開刀。為什麼要中道太開刀？讓他自己說吧！」

中道太爺爺閉著雙眼，沉默了一會兒：「我從父親、姊姊、姊夫身上澈底瞭解醫生的使命是救人。而我，卻因為憲兵的酷刑而屈從，答應為舊日本軍研究延續士兵身體的戰力。戰爭結束之後，我發現自己已經沈迷於外科手術技術的研究，停止不了。但是，我的手術技術沒有姊夫那麼純熟精良，多次曾經因為病人傷口的癒合不良造成病人細菌感染而喪命。甘泉先生追查的嫌疑犯高之止和廖輔鈞，在半年前因為工作意外重傷，一手一腳殘廢。賀制島遊說他們的家屬，利用假死除籍向保險公司詐騙死亡給付，而我用〈遺體器官提供醫院教學研究同意書〉的名義為患者動手術接上新肢體。」

「賀官仲伯老先生不知道他們動手術的計畫嗎？」

「當然！姊夫他已經退休離開醫院十年。當他自己開的書法班營業一年多之後，生意大好，從此辭掉醫院的工作，專心在書法班。」

「所以你承認假藉賀官仲伯老先生的名義幫患者開刀？」

「是。」

「賀制島遊說患者家屬詐騙死亡給付的事情呢？」

「這些事情，我睜一隻眼閉一隻眼，也不管他把錢花在哪裡，因為那不關我的事。我的病人高之止和廖輔鈞兩人都因為意外動過手術，手術之後體力尚未恢復，賀制島卻誘騙他們一起到荷仙家偷第四代的金身。」

「你沒有制止賀制島嗎？」

「我是事後才知道，是他們已經死亡之後才知道。我曾經一而再、再而三告誡賀制島：心臟衰竭的病人無法過度勞動，過度勞動超過體力負荷會猝死。」

甘泉所長伯伯打岔：「等等！公孫老弟！我搞糊塗了！公孫老弟，命案當天沒有拍到任何人啊！荷仙家密室的真相到底是什麼？」

爸爸指了指自己的心窩說：「死在臨時居留室的人，死在大陶缸旁的兩人，都是過度勞動而猝死。斗室的監視攝影機拍不到任何嫌疑犯的畫面，就是梓琴和梓書之前示範的效果一樣，從鏡頭死角用摺過的紙張掛著，遮住鏡頭。第三人離開之後，再從死角抽走紙張。這一招還要有天時的配合，天氣沒有下雨颳風，不然，這一招是沒有用的，紙張會掉落或飛走。」

甘泉所長伯伯問：「雙重密室是嫌疑犯臨時想出來的？」

「不確定，也有可能是事先就計畫好了。荷仙家的小狗過世之後，如果何風樹為何古秀子立刻拆掉一號監視器在錄影機那一端的連接線，那麼賀制島進入荷仙家，只要不要靠近斗室和大廳就不會被監視器拍到。」

「等等，我搞不懂，為什麼？」

「因為第一代到第三代的金身都供奉在大廳，又有三臺交叉攝影的監視器鏡頭；斗室只有一支監視鏡頭，位置又低，伸手就能遮住鏡頭。加上偷金身很費力，所以急需人手幫忙挖開磚塊，才能盜取第四代金身。因此，嫌疑犯很有可能事先會探勘地形。而且，警方查到死在大陶缸前面那兩個人早就已經有死亡證明書、除籍了。因此，犯人盤算警察查不到他，就算查到，偽造文書罪也很輕。當他把偷到的第四代金身皮膚交給院長，他就能償還欠院長的債務了。而這個利用詐死的活人做移植對象，就是傷兵復原、不死之士兵的研究。家屬能領到死亡給付保險金，中道太院長能繼續做研究，一舉數得。」

「你說什麼！」甘泉所長伯伯驚訝。

大家都看著中道太爺爺，他默默地點頭承認。

「要不是某人出現失誤，屍塊早就被處理掉只剩下骨頭。而且賀官仲伯老先生，中道鶴子老太太，兩人都接受過換關節、換膚、換內臟的手術。」爸爸保持淡定繼續描述：「賀官仲伯老先生和中道太院長兩個人都擅長手術，不！賀官仲伯老先生更勝一籌，因為他替病人換過的心臟，病患復原狀況良好。」

「公孫老弟，有個地方很奇怪，賀官仲伯老先生既然是內科醫師，為什麼他會外科手術？」

「應該是他岳父中道泉傳授給他的吧！現代的醫師在當住院醫師時，除了基礎的吃藥打針，他們必須分科跟著資深醫師學習看診、巡房，甚至手術。二戰時，醫藥非常缺乏，醫師人數也有限，在人力、藥物都缺乏的狀況下，為了讓患者有良好的治療，一位醫師學會各科知識技術是極有可能的。」

「那他是什麼時候有『神刀醫師』的盛名？」

賀官仲伯爺爺平靜地說：「太平洋戰爭期間，很多由戰地醫院後送到京都軍醫醫院的士兵，幾乎都面臨截肢的危險，本來屬於外科的工作，因為醫師不夠，我都兼職下去幫忙。」他停頓一下，繼續說：「公孫先生說得沒錯，我的技術來自醫學訓練和我岳父。雖然執業的時候我選擇內科，但是我常常要支援其他醫師，精湛的手術技術是磨練出來的。」

「東京大轟炸之後，醫師更缺乏，東京都的傷患全部後送，京都等大都市的醫院幾乎人滿為患，我也常常去支援各項手術。」中道太爺爺補充說明：「早期是姊夫、當時是我，各自在不同時期是手術團隊的領導醫師，累積手術的經驗非常豐富。」

換爸爸接下去說：「最佳例子就是中道鶴子，中道鶴子就是賀官仲伯老先生開的刀。中道鶴子老太太因為手術得宜，現在還活著。對吧？」

中道太爺爺點點頭。

「不可能啊！」賀官仲伯爺爺不解：「鶴子在十五年前就往生了啊！我六十五歲因為鶴子往生了，讓我十分傷心、絕望，讓我對人生感到迷惘。怎麼可能還為她開刀呢？」

中道太爺爺端起一旁桌子上的杯子喝水：「姊姊的心臟確實是姊夫動手術的，其他部位的手術是我動的刀。」

「什麼！」大家驚呼！議論紛紛。

「請大家稍安勿躁。」爸爸要大家冷靜：「警方在調查中府城醫院開立的死亡證明書病歷，發現其中一本病歷的封面蓋病患死亡的印章，卻一直夾入新的內頁。我事前知會林泛舟警官，如果新內頁的診斷日期是患者死亡之後的日期，請他帶回所有已經開立死亡證明書的病歷。這裡還出現一個奇特的異常，我比對多份病歷，發現應該已經退休的賀官仲伯醫師竟然能夠繼續看診和開刀。在看診和開刀的同一時間，人還出現在書法班教書法。這一份奇怪的病歷，在患者死亡之後的十五年之內，還一直持續新增看診資料，不是很奇怪嗎？」

「這一份是誰的病歷？難道是鶴子？」賀官仲伯爺爺疑惑。

「沒錯！」中道太爺爺點頭：「我本來想改名字和換新病歷。可是這樣就看不到她的病史，所以為了醫療上診斷的方便性，我選擇繼續保留病歷。沒想到卻被眼尖的警察注意到。」

中道太爺爺站起來走到鐵櫃拿了一本報紙剪報資料，翻到其中一頁，大家擠過去看：女子的救護車遭到公車側撞，身體多處受傷，有心臟病的心臟也停了。被撞的地點，就在北茜滿漢全席餐廳前面。

中道太爺爺繼續說：「那時候，我忽然發現機不可失，我瞞著姊夫把姊姊調包，趁機向姊夫說臨時有緊急手術要他幫忙，讓他為停止的心臟動手術，結果非常成功。」

「那時候是你邀請我動手術。」

「嗯！」

「那火葬之前，見往生者最後一面的大體是誰？」

「蠟像，我請人以姊姊的樣子做成蠟像。因為姊姊火葬的日期是在冬天，氣溫非常冷，蠟像沒有融化，因此沒有人識破。」

「我的家人沒有人知道嗎？」

「沒有。因為手術完隔天，姊姊醒過來，我告訴姊姊真相。」

中道鶴子在病床上，向來巡診的中道太醫師說：「太！請不要把我已經被你救活的事情告訴你姊夫和孩子們，因為他們需要我的死亡給付。」

「我明白。」中道太醫師安撫中道鶴子：「還完債務之後呢？妳不打算和他們團聚？」

「我想在醫院靜養，反正仲伯君是你的醫院醫師，一定常常能見到，而且孩子們也會輪流來醫院帶他上下班，我也見得到孩子們。」

「姊姊！有家人在身邊陪伴的感覺是不一樣的啊！那是家人的溫暖啊！」

「太！你也是我的家人啊！太！」

「我……」

中道太爺爺踱步：「就這樣，我幫姊姊隱瞞醫好身體的消息，一方面不答應姊夫辭掉職務，只允許他不再進手術房。因此，我讓姊夫繼續看診大約五年多。」

「中道太院長！」爸爸變得嚴肅了：「中道鶴子老太太恢復健康，也應該讓他們一家人團聚吧！中道鶴子老太太並沒有犯罪，讓他們一家人團聚吧！讓她餘生仍保有天倫之樂吧！」

「我懂你的意思，我會讓姊夫一家人團聚。姊姊是否回家，由她的子女決定後續的照顧。」

甘泉所長伯伯問：「賀官仲伯醫師退休之後，按月匯入的薪資呢？」

「那是我對姊夫報恩的酬勞。」中道太院長沉默了一會兒，問爸爸：「公孫先生，你是從什麼時候開始懷疑是我為人做接肢手術？」

「從出車禍的梵蒂岡交換學生轉入普通病房開始，尤其是他端湯碗的時候。」爸爸淡定地回答：「我從女兒拍的照片，再到病房確認，發現他身上有精密手術縫合的痕跡。」

甘泉所長伯伯突然想到，提問：「等、等一下，那、那賀制島人呢？」

「那位對學長你開槍的人嗎？」爸爸嘆氣：「唉！大概只剩下大腦和眼睛了。賀制島，他，應該正在等待換腦手術的軀體吧！」

「呀啊啊啊啊！」我突然害怕地大叫：「剛剛蟲洞旁邊那個、那個……不是標本嗎？」

「把他當作標本，比較不會那麼害怕。」爸爸抱著我的肩膀。
大家都感到驚訝的時候，只有中道太爺爺表現淡定。
「我更正。應該是快要成功了吧！代替神經系統的軟光纖已經研發完成了，現在試著連接到腦幹。」爸爸對中道太爺爺說：「地上那一把沿著走廊邊緣簍空式高架地板下的長髮就是軟光纖吧！」
甘泉所長伯伯提出疑問：「軟光纖？」
爸爸拿著手電筒一邊往牆上照一邊說：「世界上速度最快的粒子是光，能讓光快速奔馳無阻礙的介質只有是真空與無雜質的玻璃纖維這兩樣。」爸爸按下牆壁上貼著 Fiber 標籤的電燈開關。長廊牆壁下方邊緣的一長條網狀地板亮起來，我們往下看。
「地板下的就是光纖？」甘泉所長伯伯看著藍色頭髮狀延伸無盡的東西問。
「嗯！」
「連接到哪裡？」
我們看見頭髮一端延伸到我們剛剛的入口那邊，頭髮另一端到我們站的地方就沒了蹤影。
「只剩下……」中道太爺爺到底在說什麼，沒人聽得懂。
「等、等一下！」甘泉所長伯伯走回長廊旁邊：「賀制島為什麼變成那副模樣？」右手食指指著旁邊那個大玻璃容器。
賀官仲伯爺爺嘆氣：「他，因為欠債，被黑道追殺。除夕前幾天，小賀他求我遊說院長幫他整容躲過債主。」站起來走動：「我已經無能為力，他去醫院找院長借錢。太他沒有答應，只說必須幫他做事才行。在小賀的哀求之下，他介紹兩位曾經動過手術、已經復建完成的病患給他。結果竟然是除夕當天侵入民宅偷金身，沒有偷到手，反而兩位助手都死了。」

甘泉所長伯伯疑惑質問：「為什麼要偷第四代的金身？」

「為了得到皮膚吧？」爸爸輕輕拍著我的肩膀。

中道太爺爺踱步：「對，因為傳說中得道的修道人的皮膚，可以活化細胞、促進細胞的增生，如果能研究取出基因序列，更能彌補人類的基因缺陷。這是姊夫用細胞做免疫研究的時候的新發現，用在小白鼠身上十分成功。」

「所以，你用除籍的患者做實驗？」

「沒錯。」

「那垃圾車的屍塊是？」

「沒有經過家屬同意捐贈的流浪者的遛體，摘除要用的部分之後，來不及送進焚化爐焚毀。」

「家屬不知道你調包大體去幫患者移植？」

「嗯！不知道。」

「天哪！這樣是竊盜屍體罪！」甘泉所長伯伯生氣：「你為什麼要這樣做？」伯伯似乎在自言自語：「延續生命。而著軀體就像那三位心臟衰竭的死者，是拼接的……」

「這種皮膚細胞，能讓傷口復原更快速，完全不留疤痕。我為他們手術的時候，都還用麻醉。這些健康的軀體應該繼續造福人群啊！」中道太爺爺踱步反駁：「你們知道有多少人在等待器官移植嗎？」

「中道太院長！你可以傳承醫術救人吶！何必拿街友……」甘泉所長伯伯不解：「中道太院長！就算被你切割用來救人一命的街友也是人吧?!」

「人？自暴自棄是沒有價值的人！」中道太爺爺表情嚴肅：「用他們健康的肢體，拯救等待器官捐贈的病人，才是有價值！我姊夫前一陣子摔傷手臂，我用新培養的皮膚細胞移植到他的手臂，手術之後快速恢復，就是成功的例子！」

賀官仲伯爺爺感嘆：「太！你怎麼變成這樣……」

我嚇到直發抖，緊緊地抱住爸爸。

甘泉所長伯伯憤怒，質疑中道太爺爺：「憲法保障人的自由，我們就應該貫徹！」

「我也在貫徹『生命無價值的人』延續『生命有價值的人』的生命！」中道太爺爺低吼：「你們看看我姊姊，一生奉獻給丈夫、子女、病人、國家。結果呢？老年還沒享受到清福，就被喝得爛醉的流浪漢絆倒、被酒駕的混蛋撞到。沒有價值的爛人，憑什麼傷害『為他人奉獻一生』的人？」中道太爺爺怒吼：「殺了他們！去除他們的無價值，延續他人有價值！」

「犯罪就是犯罪！」甘泉所長伯伯更生氣：「難道，賀制島應該為這樣的理由被肢解？」

「才不是！我在延續他的生命！」中道太爺爺嘆氣：「是我鬼迷心竅，賀制島知道何古秀子是我的女兒，是自己的表姊。我要賀制島弄到第一代到第三代的金身上面刮一些皮膚下來，以抵償他向我借的錢。同時，我希望藉由這些皮膚培養出新細胞，以達到姊夫的研究水準。沒想到，賀制島卻利用書法班的機會，在自己表姊的飲料中投入毒品，希望由毒品控制她來取得金身，卻害她染上毒癮。」

甘泉所長伯伯驚訝：「等一下！所以何古秀子根本沒有販毒？」

爸爸淡定地說：「是啊！學長！你被賀制島騙了。何古秀子不只沒有販毒，也沒有買毒品。而你那兩位枉死的更生人，賀制島因為借錢給他們，是他們的債主，因此強迫他們說謊供認何古秀子吸毒、買賣毒品，以此條件交換來抵債。」

「等等，所以當您說嫌疑犯是熟識這家人的親友，而且是紈綺子弟，指的就是賀制島？」

「對！」

「不是荷仙家主人堂兄弟那邊的人？」

「當然不是，不只男主人家族的堂兄弟姊妹的才是親友吧？女主人家族的表兄弟姊妹也是親友啊！學長？你以父系社會的角度去搜查嗎？」

「呃！」

「賀制島的脫序行為在親戚之間應該沒有人知道，只有自己的家人、中道太院長和何古秀子幾個人知道。」

「荷仙家家人都不知道嗎？」

「我問過何風樹先生，他們全家對這位親戚不太了解，只有幾面之緣，幾年前只聽何古秀子說過他參加書法班，這幾年根本沒有人見過他。我們去看監視錄影帶那一天，看到的畫面，不是何古秀子販賣毒品給賀制島，而是賀制島從狗門遞給毒品給何古秀子。」

「放金身的大廳所裝的監視器錄到何古秀子拿紙鈔走出去，然後拿一小包夾鏈袋裝的白粉進門，不是在販毒？」

「那是一面白紙的玩具鈔，上面應該只有兩個人的指紋：一位是何古秀子，另一位是賀制島，與死者脖子上的拇指指紋應該與賀制島的指紋一致。」

「怎麼會是這樣？竟然不是用真鈔交易！」甘泉所長伯伯下令：「林泛舟！趕快去查證！」

「是！」林泛舟警官應答。

「我們從監視錄影帶看到賀制島手中握著東西，是握著何古秀子遞給他的玩具鈔票；這玩具鈔票是他事先給何古秀子的，因為他不想讓表姊背上買賣毒品的罪名。」

爸爸遞給林泛舟警官一個裝揉成一團的玩具鈔票的透明塑膠袋：「我從荷仙家大門口旁稍遠的垃圾堆中，把玩具鈔票撿起來了，在我這裡。他們準備要去偷第一次的時候，賀制島應該事先向何古秀子確認監視攝影機的位置了。」

賀官仲伯爺爺嘆氣：「唉！小賀他本來還要去偷第二次，卻看到警察和一群少年少女在徘徊，空手回來。過沒多久，債主上門，他騎摩托車逃走，卻在路上出車禍，撞到幾乎全身殘廢。他在醫院急診室向太請求，他已經用讓我詐死騙到的保險費償還給太，他也要用自己的身體再詐騙一次。等領到錢，請太幫他動手術換軀體。」

「我透過警方向地政事務所查出來：醫院和大飯店是同一塊土地不同地號，兩棟建築物是同一時間蓋起來的，地主都是中道太院長，醫院的經營者是院長，大飯店的營業登記是餐廳，經營者則是外聘的李副經理。」爸爸嚴肅地描述：「而賀制島的死亡給付卻被保險公司懷疑是詐欺而報警，警方以詐欺案嫌疑犯處處在找他的下落，販毒案卻弄錯嫌疑犯。」

「還有，公孫老弟！你剛剛說餐廳的某人對搬運屍塊的事情知情。某人是誰？你剛剛一直說的某人到底是誰？」

「他！」

「他是誰？」甘泉所長伯伯疑問。

爸爸看著中道太爺爺，大家一起往他那邊看。

突然，中道太爺爺身旁傳來一位女性的聲音：「不是他，是我！是我打點餐廳的一切。」

中道太爺爺身邊站的一位醫院員工拿下帽套和口罩，是一位七十幾歲的老太太。
中道太爺爺介紹說：「她是我的妻子祥子。」
「呃？」爸爸愣住。這一次連爸爸都猜錯了。
「營利事業登記的公司負責人名字是餐廳李副經理，我們夫妻是股東。」中道祥子奶奶陳述：「幾十年來負責人只換過兩次，因此警察沒有懷疑到負責人這一點。」
「不，我們有懷疑過，」甘泉所長伯伯回答：「但是沒有查到異常。」
蟲洞長廊外面的餐廳傳來一片吵雜聲。
「我們眼鏡大哥要來收債！」一個陌生的男子聲音傳來。
我們聽見餐廳李副經理幾乎是用吼的：「喂！你們是誰？你們要做什麼？你們趕快報警！」
我遠遠看見一位戴深色墨鏡的男人摘下墨鏡大吼：「少廢話！叫賀制島出來！你們八個，砸！」
傳來一陣翻桌子、砸椅子的聲音。
碰！乓！乓！乓！
我們都嚇一跳！不知道怎麼辦！
甘泉所長伯伯比手勢要我們安靜，拿出一個手掌大的黑色小東西說話：「Z組！出現紅火蟻。」
「收到！。」黑色小東西發出聲音。
墨鏡男人繼續大吼：「賀制島死到哪裡去了？賀制島滾出來！」
墨鏡男人朝我們這裡看，我好緊張。他一邊走一邊東張西望，他手一伸，遠處的桌子又浮動浮動，改變位置。

一群警察從長廊遠處桌子那邊出現。墨鏡男人想逃避警察而亂闖入長廊。他背對警察，踏進蟲洞長廊，停下腳步，他似乎被什麼東西嚇了一跳驚叫：「哇！這是什麼噁心的東西？」隨即出現厭惡的表情。

墨鏡男人舉起棒球棒……

「不能砸！」餐廳李副經理衝過來阻止他，哭喊：「求求你！不能砸！不要打！」

墨鏡男人跌跌撞撞地跑向我們，看起來他的身高只有一米六，他突然拐彎跑進走廊右邊其中一道門。那裡面很暗，開門的光線讓我們看見那裡有一塊大布簾。不知道他往旁邊看見什麼，踉蹌幾步跌倒，扯下病床的大布簾。

布簾後出現一個長頭髮垂到地板、身材高大的人坐在床上。原來是病人坐在病床上！光線照到病人的腹部以下，坐姿、腰部、長腿曲線像個身高一米七五的女子，她的雙手掌交疊在腹部上、左腿屈著、右腿伸直，飄逸的長髮延著床緣往下垂到地板。

混亂中，林泛舟警官叔叔要逮捕墨鏡男人，這房間的門被跟在後面的米斗實警官叔叔推開。

「呀啊啊啊啊！」我害怕地大叫：「那個女生沒有臉！」

甘泉所長伯伯也衝過去圍住他、要抓他，他一直揮舞棒球棒反抗。墨鏡男人背對著女子，突然跌坐到她的懷中。我們看見女子動起來，伸出雙手抱住他！女子的力氣似乎很大，墨鏡男人為了擺脫她，又叫又踢。

我抱著爸爸，不敢看。

警察叔叔他們花不少力氣才扣住他，過一會兒才把他戴上手銬。

甘泉所長伯伯從蟲洞長廊走出去，吹哨子指揮剛剛進餐廳正門的一隊警察壓制全場、逮捕打砸、破壞、鬧事的壞人。墨鏡男人抗拒警察的逮捕，撞倒那一面牆壁上的大玻璃容器，大玻璃容器應聲掉落砸破。破碎的大容器邊緣散黏著許多髮絲，在地上積水處飄著……

尾聲

事件落幕之後某一天：

「賀官仲伯老先生和賀官鶴子老太太都被他們的孩子接回去了，一家團圓了。」甘泉所長伯伯來我家中藥房泡茶：「唉！中道太……在獄中自縊了。」

爸爸公孫善苑驚訝：「為什麼？」思索：「難道，中道太醫師他貫徹自己對他人已經沒有貢獻價值的理論……」

「嗯，大概是吧……」

爸爸的表情轉為惋惜：「這麼好的醫術……」

「公孫老弟啊！讓我印象最深刻的事，是你家公孫梓琴在北茜滿漢全席餐廳對家人的義氣：『老爺爺，只因為我父親他是名偵探，協助警方破很多案？還是因為他常常幫助貧窮，有好聲望，讓您心生嫉妒？或是因為我家家庭美滿令您嫉妒？您也有支持您的子女家庭，為什麼不回到他們身邊……』

「這是當警察的料啊！」

「子女的前途，我們關心，不用操心、煩心。」

「啊！我認同。」

「公孫老弟，你怎麼想到要把古勤老先生從口袋拿出報紙時一起掉出來的那張鈔票驗指紋？」

爸爸看了甘泉伯伯一眼，沒說話。

「因為他的姓氏？」

爸爸點點頭，接著問：「死亡給付詐欺案呢？」

「賀官仲伯老先生已經和保險公司和解，退還全部的詐領死亡給付。吳犬凱檢察官以賀官仲伯老先生是詐欺幫助犯，念他以醫術救了很多人，微罪不起訴；詐死致戶籍除籍的那一部分無罪，戶政事務所認定除籍無效，恢復了他們夫妻的戶籍。街友失蹤全部是家屬說謊，根本是賣掉家人給醫院，取得偽造的死亡證明，再到戶政事務所辦除籍並向保險公司詐取高額保險金成功。而賀制島是這一連串詐領死亡給付的最後一位，卻被保險公司懷疑，保險公司正在和死亡詐欺家屬打官司。」

「那，小賀，賀制島呢？」

「玩具鈔上面的指紋就如同你說的。吳犬楷檢察官以妨礙公務、槍擊警官殺人未遂、竊盜致死、偽造文書、詐欺罪嫌……把他列入被告，又因為被告已經死亡，結案。」

「荷仙家死者脖子上的墨水印痕跡也是賀制島的指紋吧？」

「嗯，他的兵籍資料卡有紀錄指紋。但是，你怎麼知道？」

「我猜他是看到死者倒下的時候嚇到，伸手確認是否有脈搏才留下的，這證明他當時在場。」

「法醫也是這樣猜測，排除你的嫌疑。但是吳犬楷檢察官就是不信，硬要開出拘票。唉！」

「學長，別放在心上。」爸爸用沸水洗茶、溫杯：「還有因為我和賀制島長得很像吧？」

「是啊！你和他只有差一顆痣和髮型，相似度超過百分之九十五。而且你在命案現場窗框和封條正反面的指紋竟然比賀制島留在死者脖子上的指紋還要多。嚇死人！」

「其他詐死、詐領死亡給付的人呢？」

「吳犬楷檢察官以他們是詐欺幫助犯，被家人利用才如此，微罪不起訴；詐死致戶籍除籍無罪。戶政事務所也認定除籍無效，恢復他們的戶籍。因為當事人家境窮困，詐領的死亡給付，已經花掉一部分了，社會局和社會福利機構已經介入調查，目前還在調解，看看如何償還死亡給付，以及申請社會救助金。」

爸爸用沸水洗茶葉、溫杯之後，沖泡第一壺茶。

要推理63　PG2042

要有光
FIAT LUX

公孫堂探案：
羽化之韜

作　　者	公孫一堂
責任編輯	林昕平
圖文排版	林宛榆
封面設計	蔡瑋筠

出版策劃	要有光
發 行 人	宋政坤
法律顧問	毛國樑　律師
印製發行	秀威資訊科技股份有限公司 114台北市內湖區瑞光路76巷65號1樓 電話：+886-2-2796-3638　傳真：+886-2-2796-1377 http://www.showwe.com.tw
劃撥帳號	19563868　戶名：秀威資訊科技股份有限公司 讀者服務信箱：service@showwe.com.tw
展售門市	國家書店（松江門市） 104台北市中山區松江路209號1樓 電話：+886-2-2518-0207　傳真：+886-2-2518-0778
網路訂購	秀威網路書店：https://store.showwe.tw 國家網路書店：https://www.govbooks.com.tw
總 經 銷	聯合發行股份有限公司 231新北市新店區寶橋路235巷6弄6號4F 電話：+886-2-2917-8022　傳真：+886-2-2915-6275

出版日期	2019年3月　BOD一版
定　　價	330元

國家圖書館出版品預行編目

公孫堂探案：羽化之韜 / 公孫一堂著. -- 一版.
-- 臺北市：要有光, 2019.03
面； 公分. -- (要推理；63)
BOD版
ISBN 978-986-6992-11-7(平裝)

857.81 108003385

讀者回函卡

感謝您購買本書，為提升服務品質，請填妥以下資料，將讀者回函卡直接寄回或傳真本公司，收到您的寶貴意見後，我們會收藏記錄及檢討，謝謝！如您需要了解本公司最新出版書目、購書優惠或企劃活動，歡迎您上網查詢或下載相關資料：http:// www.showwe.com.tw

您購買的書名：________________________________

出生日期：________年________月________日

學歷：□高中（含）以下　□大專　□研究所（含）以上

職業：□製造業　□金融業　□資訊業　□軍警　□傳播業　□自由業
　　　□服務業　□公務員　□教職　□學生　□家管　□其它____

購書地點：□網路書店　□實體書店　□書展　□郵購　□贈閱　□其他

您從何得知本書的消息？

□網路書店　□實體書店　□網路搜尋　□電子報　□書訊　□雜誌
□傳播媒體　□親友推薦　□網站推薦　□部落格　□其他________

您對本書的評價：（請填代號　1.非常滿意　2.滿意　3.尚可　4.再改進）

封面設計____　版面編排____　內容____　文／譯筆____　價格____

讀完書後您覺得：

□很有收穫　□有收穫　□收穫不多　□沒收穫

對我們的建議：________________________________

____

____

____

請貼
郵票

11466
台北市內湖區瑞光路 76 巷 65 號 1 樓
秀威資訊科技股份有限公司 收
BOD 數位出版事業部

（請沿線對折寄回，謝謝！）

姓　名：________　年齡：________　性別：□女　□男

郵遞區號：□□□□□

地　址：________

聯絡電話：(日) ________ (夜) ________

E-mail：________